白神家《しらかみけ》の4兄弟《きょうだい》は手《て》におえないっ！

無月蒼《むつきあお》・著　瀬川《せがわ》あや・絵

野いちごジュニア文庫

今《いま》までの私《わたし》の人生《じんせい》を、ひと言《こと》で表《あらわ》すと平凡《へいぼん》。

お父《とう》さんは私《わたし》が小学校《しょうがっこう》に入《はい》るくらいに事故《じこ》で亡《な》くなって、それからお母《かあ》さんと二人《ふたり》、仲《なか》よく暮《く》らしてきた。

なのに……。

まさかお母《かあ》さんまで、交通事故《こうつうじこ》で死《し》んじゃうなんて。

一人残《ひとりのこ》された私《わたし》は、これからどうやって生《い》きていけばいいんだろう?

……なんて思《おも》っていたけど。

「苦《くる》しいなら俺《おれ》に言《い》え。一人《ひとり》で抱《かか》え込《こ》むな」

天涯孤独《てんがいこどく》になったと思《おも》った私《わたし》を待《ま》ち受《う》けていたのは、思《おも》いがけない運命《うんめい》。

そして四人《よにん》の男子《だんし》との、一《ひと》つ屋根《やね》の下《した》での生活《せいかつ》でした。

白《しら》神《がみ》家《け》の4兄《きょう》弟《だい》は手《で》におえないっ!

人物紹介《じんぶつしょうかい》

白神夜空《しらかみよぞら》

白神家《しらかみけ》の三男《さんなん》で、幸奈《ゆきな》とは同《おな》い年《どし》。女嫌《おんなぎら》いなクール男子《だんし》だけど、なんだかんだいつも幸奈《ゆきな》を助《たす》けてくれる。口下手《くちべた》で不器《ぶき》用《よう》なところがある。

春日野幸奈《かすがのゆきな》

正義感《せいぎかん》の強《つよ》い中学《ちゅうがく》2年生《ねんせい》。ある事情《じじょう》から白神家《しらかみけ》の4人兄弟《にんきょうだい》と同居《どうきょ》することに。しかも彼《かれ》らの通《かよ》うセレブ学園《がくえん》に転校《てんこう》することになっちゃって…?

白神晴翔《しらかみはると》

白神家《しらかみけ》の長男《ちょうなん》。中学《ちゅうがく》3年生《ねんせい》。生徒会《せいとかい》長《ちょう》を務《つと》めており、成績《せいせき》トップでなんでもできるモテ男子《だんし》。

白神朝陽《しらかみあさひ》

夜空《よぞら》のふたごの兄《あに》。幸奈《ゆきな》とは同《おな》じクラス。いつも笑顔《えがお》で人当《ひとあ》たりがいいけれど、怒《おこ》ると手段《しゅだん》を選《えら》ばない。

白神夕也《しらかみゆうや》

末《すえ》っ子《こ》の中学《ちゅうがく》1年生《ねんせい》。サッカーをこよなく愛《あい》す努力家《どりょくか》。生意気《なまいき》だけど、なつくとかわいい。

佐伯真子《さえきまこ》

幸奈《ゆきな》が小学校《しょうがっこう》のころ、ずっと一緒《いっしょ》にいた親友《しんゆう》。高校《こうこう》で再会《さいかい》し同《おな》じクラスに！　メガネを取《と》ると美少女《びしょうじょ》。

あらすじ
私《わたし》、中《ちゅう》2の幸奈《ゆきな》。事情《じじょう》が
あって、有名財閥《ゆうめいざいばつ》・白神家《しらかみけ》
に引《ひ》き取《と》られたんだけど…
長男《ちょうなん》
三男《さんなん》
次男《じなん》
四男《よんなん》
超絶美形《ちょうぜつびけい》な4人《にん》の兄弟《きょうだい》と、
いきなり同居《どうきょ》することになっちゃった!!
中《なか》でもふたごの弟《おとうと》・夜空《よぞら》くん
は女嫌《おんなぎら》いで超《ちょう》クールなの…
クセあり
なみんなに振《ふ》り回《まわ》される日々《ひび》。

だけど、なぜかいつも助《たす》けてくれたり…
私《わたし》を元気《げんき》づけようとしてくれる夜空《よぞら》くん。
そんな夜空《よぞら》くんが、いつの間《ま》にかかけがえのない存在《そんざい》になったんだ…！
そして明《あき》らかになった意外《いがい》な過去《かこ》。
私《わたし》たちのヒミツって――？
続《つづ》きは本編《ほんぺん》で♡

もくじ

白神家《しらかみけ》の四兄弟《よんきょうだい》

いったいどうしてこうなったんだろう。

私《わたし》、春日野幸奈《かすがのゆきな》の目《め》の前《まえ》にあるのは、ビックリするくらいの大《おお》きな豪邸《ごうてい》。

前《まえ》に住《す》んでいたアパートの、十倍《じゅうばい》くらいあるんじゃないかなあ……。

「幸奈《ゆきな》ちゃん？　おーい、幸奈《ゆきな》ちゃーん！」

いけない、ボーッとしちゃってた。

あわてて隣《となり》を見《み》ると、キリッとした目《め》のキレイな女性《じょせい》が、私《わたし》をのぞき込《こ》んでいる。

彼女《かのじょ》は白神虹華《しらかみにじか》さん。

お母《かあ》さんの友達《ともだち》で、お母《かあ》さんを亡《な》くした私《わたし》を引《ひ》き取《と》ってくれた人《ひと》だ。

「す、すみません。ボーッとしてました」

「きっと疲《つか》れが出《で》ちゃったのね。無理《むり》もないわ。円《まどか》があんなことになって、苦《くる》しいよね」

円《まどか》というのは、お母《かあ》さんの名前《なまえ》。

私《わたし》はつい最近《さいきん》、お母《かあ》さんを亡《な》くしたばかり……。

思《おも》い出《だ》すと悲《かな》しさが込《こ》み上《あ》げてくるけど、泣《な》いてる場合《ばあい》じゃないよね。

私《わたし》には、やらなきゃいけないことがあるんだから。

「さあ、中《なか》に入《はい》りましょう。みんなに幸奈《ゆきな》ちゃんのこと、紹介《しょうかい》したいから」

「は、はい！」

虹華《にじか》さんに案内《あんない》されて家《いえ》の中《なか》に入《はい》り、通《とお》されたのはリビング。

そこには私《わたし》と同《おな》い年《どし》くらいの、四人《よにん》の男《おとこ》の子《こ》がいた。

「ただいま、みんなそろってるわね。この子《こ》が幸奈《ゆきな》ちゃんよ。今日《きょう》からうちに住《す》むから、仲《なか》よくしてね」

「か、春日野幸奈《かすがのゆきな》です。よろしくお願《ねが》いします！」

あいさつをして、いきおいよく頭《あたま》を下《さ》げる。

いまだに実感《じっかん》がないけど、虹華《にじか》さんの言《い》う通《とお》り。わけあって今日《きょう》からこの家《いえ》で暮《く》らすことになったんだけど……ちょっといいですか？

この四人《よにん》、美形《びけい》すぎません？

部屋《へや》にいた四人《よにん》の男子《だんし》は虹華《にじか》さんの息子《むすこ》さん達《たち》なんだけど、全員《ぜんいん》が顔《かお》もスタイルもよくて、まるでモデルさんみたい。

事前《じぜん》に聞《き》いていた話《はなし》では、全員私《ぜんいんわたし》と同《おな》じ中学生《ちゅうがくせい》って言《い》ってたけど……この人達《ひとたち》と一緒《いっしょ》に暮《く》らすの？

すると四人《よにん》の中《なか》で一番背《いちばんせ》の高《たか》い、お兄《にい》さんみたいな雰囲気《ふんいき》の人《ひと》が笑《わら》いかけてくる。

「幸奈《ゆきな》ちゃんだね。母《かあ》さんから話《はなし》は聞《き》いてるけど、たしか中学二年生《ちゅうがくにねんせい》だったっけ」

「は、はい。そうです」

「なら、俺《おれ》の方《ほう》が一《ひと》つ上《うえ》だね。俺《おれ》は長男《ちょうなん》の、白神晴翔《しらかみはると》。よろしくね」

「は、はい！　よろしくお願《ねが》いします」

やわらかな笑顔《えがお》を向《む》けられてホッとする。よかった、優《やさ》しそうな人《ひと》だ。

だけど、そう思《おも》ったのもつかの間《ま》。

「ねえ母《かあ》さん。この人本当《ひとほんとう》に、家事《かじ》なんてできるの？」

そう言《い》ったのは小柄《こがら》でツンツン頭《あたま》のかわいらしい男《おとこ》の子《こ》。

たぶん、中学一年生《ちゅうがくいちねんせい》かな。

かわいい顔《かお》とは裏腹《うらはら》に、トゲのある言《い》い方《かた》をされる。

「こら夕也《ゆうや》、なんてこと言《い》うの。ごめんね幸奈《ゆきな》ちゃん、この子《こ》は夕也《ゆうや》。末《すえ》っ子《こ》なんだけど、口《くち》が悪《わる》くて」

「だって本当《ほんとう》のことじゃん。母《かあ》さん、急《きゅう》に家事《かじ》をやってくれるお手伝《てつだ》いさんを雇《やと》うなんて言《い》うからどんな人《ひと》が来《く》るんだろうって思《おも》ってたのに。ボクとほとんど歳変《としか》わんないじゃん。心配《しんぱい》にもなるよ」

うっ、痛《いた》いところをついてくる。

そう、お母《かあ》さんを亡《な》くした私《わたし》は、お手伝《てつだ》いさんとして雇《やと》われる形《かたち》でこの白神家《しらかみけ》に来《き》たの。

「あ、あの。私《わたし》、自分《じぶん》の家《いえ》でも家事《かじ》やってたから。たぶんできると思《おも》う」

「ふーん。まあ、せいぜいがんばってね」

夕也《ゆうや》くんはすでに、私《わたし》に興味《きょうみ》なさげな様子《ようす》。

気《き》を取《と》り直《なお》して残《のこ》りの二人《ふたり》に目《め》を向《む》けると、彼《かれ》らはとてもそっくり。

ひと目《め》でふたごだってわかった。

二人《ふたり》ともサラサラの髪《かみ》をしていて、身長《しんちょう》も同《おな》じくらい。

ただ似《に》てはいるんだけど、なんだか雰囲気《ふんいき》が違《ちが》う。

一人《ひとり》は私《わたし》を見《み》てニコッて笑《わら》ってくれたけど、もう一人《ひとり》にはスッと目《め》をそらされちゃった。

すると笑《わら》ってくれた方《ほう》の男《おとこ》の子《こ》が、口《くち》を開《ひら》く。

「幸奈《ゆきな》ちゃんだね。僕《ぼく》は朝陽《あさひ》、君《きみ》と同《おな》じ中学二年生《ちゅうがくにねんせい》だよ」

「よ、よろしくお願《ねが》いします」

夕也《ゆうや》くんみたいにトゲトゲした様子《ようす》はなくてひと安心《あんしん》。

ホッとしながら、もう一人《ひとり》に目《め》を向《む》けると……。

「……幸奈《ゆきな》」

「え？」

いきなり名前《なまえ》を呼《よ》ばれてビックリしたけど、なぜか彼《かれ》もハッとしたような顔《かお》をしてる。

「夜空《よぞら》だ」

ボソリとつぶやくように言《い》う。

えっと、夜空《よぞら》って名前《なまえ》のことだよね？　でも、それだけ？

ビックリしていると、夜空《よぞら》くんがギロリとにらんでくる。

「なんだ？」

「え、ええと……夜空《よぞら》くんって、朝陽《あさひ》くんとふたごなんだよね。どっちがお兄《にい》さん？」

「……朝陽《あさひ》」

「そうなんだ。ふたごってことは、夜空《よぞら》くんも二年生《にねんせい》だよね。なら、私《わたし》と同《おな》じ……」

「さっき聞《き》いた」

で、ですよね〜。

ダメだ。コミュニケーションを取《と》ろうとしても、返《かえ》ってくるのは淡白《たんぱく》な返事《へんじ》ばかりでどうしようもないや。

ちなみにみんなのお父《とう》さんは今《いま》、海外《かいがい》に出張中《しゅっちょうちゅう》でいないんだって。

だから今家《いまいえ》にいるのは、四人《よにん》の兄弟《きょうだい》と虹華《にじか》さん。そこに私《わたし》が加《くわ》わるわけなんだけど……。

夜空《よぞら》くんは私《わたし》を見《み》ながら、小《ちい》さく言《い》う。

「……もういいか。限界《げんかい》なんだけど」

「う、うん。ゴメンね」

何《なに》が限界《げんかい》なのかはわからなかったけど、機嫌《きげん》がよくないみたい。

夜空《よぞら》くんは用《よう》はすんだと言《い》わんばかりに、リビングを出《で》ていっちゃった。

えっと、ひょっとして私《わたし》、嫌《きら》われてる？

すると夕也《ゆうや》くんが。

「あーあ。やっぱりああなっちゃったか。だいたい夜空兄《よぞらにい》がいるのに、女《おんな》の子《こ》のお手伝《てつだ》いさんを雇《やと》うなんて無理《むり》があるんじゃない？」

「え？　夕也《ゆうや》くん、それってどういう……」

「さーね。ボクも忙《いそが》しいから、もう行《い》くねー」

そう言《い》って夕也《ゆうや》くんも、さっさと出《で》ていってしまって。後《あと》には私《わたし》と虹華《にじか》さん、それに晴《はる》翔《と》くんと朝陽《あさひ》くんが残《のこ》された。

「まったく、困《こま》った子達《こたち》ねえ。幸奈《ゆきな》ちゃん、夕也《ゆうや》の言《い》ったことは気《き》にしないでね」

虹華《にじか》さんはそう言《い》ってくれたけど、やっぱりどうしても考《かんが》えちゃう。

そしたら晴翔《はると》くんが。

「いや、こういうことは、ハッキリ言《い》っておいた方《ほう》がいい。実《じつ》は夜空《よぞら》は、女《おんな》の子《こ》があまり好《す》きじゃなくてね。誰《だれ》にでもああいう態度《たいど》を取《と》るんだよ」

「え、そうなんですか？」

「そう、だから君《きみ》に特別《とくべつ》冷《つめ》たくしてるとかじゃないから、安心《あんしん》していいよ」

そう言《い》われたものの、女子《じょし》が好《す》きじゃないのに、私《わたし》が来《き》たら迷惑《めいわく》じゃないかな？

すると、今度《こんど》は朝陽《あさひ》くんが。

「どうしても気《き》になるなら、夜空《よぞら》に近《ちか》づかなければいいよ。夜空《よぞら》だって、わざわざつっかかるようなことはしないだろうし」

「でも……これから同《おな》じ家《いえ》で過《す》ごすんだよね。なのに、避《さ》けなきゃいけないの？」

「その方《ほう》が、幸奈《ゆきな》ちゃんも過《す》ごしやすいでしょ」

そう言《い》う朝陽《あさひ》くんは、笑《わら》っているのにどこか冷《つめ》たい感《かん》じがして、返事《へんじ》をすることができない。

そんなよどんだ空気《くうき》を変《か》えるように、虹華《にじか》さんが明《あか》るい声《こえ》を出《だ》す。

「さあ、次《つぎ》は幸奈《ゆきな》ちゃんをお部屋《へや》に案内《あんない》しなくちゃね。こっちよ」

虹華《にじか》さんに連《つ》れられて、リビングを出《で》る。

案内《あんない》されたのは、私一人《わたしひとり》が使《つか》うには大《おお》きすぎるんじゃないかってくらい、広《ひろ》くて立派《りっぱ》なお部屋《へや》だった。

「ここが幸奈《ゆきな》ちゃんのお部屋《へや》よ。あんまり広《ひろ》くないけど、大丈夫《だいじょうぶ》かしら？」

広《ひろ》くないって……この部屋《へや》の半分《はんぶん》の大《おお》きさでも、落《お》ち着《つ》かないくらいなんですけど。

でもそんなことを言《い》ったら、せっかく用意《ようい》してくれたのに、申《もう》し訳《わけ》ないよね。

「こんなお部屋《へや》まで……ありがとうございます」

「いいのよ。円《まどか》には私《わたし》もお世話《せわ》になってたんだから。それより、みんなとはうまくやっていけそう？　親《おや》の私《わたし》が言《い》うのもなんだけど、クセの強《つよ》い子《こ》ばかりだからねえ」

「は、はい。大丈夫《だいじょうぶ》です。ちゃんと仲《なか》よくしていかないと……」

「ならいいけど……それと例《れい》のことは、あんまり難《むずか》しく考《かんが》えないでね。心配《しんぱい》ないわ、絶対《ぜったい》に悪《わる》いようにはしないから」

虹華《にじか》さんは元気《げんき》づけるように言《い》ってから、部屋《へや》を出《で》ていく。

虹華《にじか》さん、やっぱり優《やさ》しくていい人《ひと》だなあ。

親戚《しんせき》でもないのに、お母《かあ》さんを亡《な》くして困《こま》っていた私《わたし》を、引《ひ》き取《と》ってくれたんだもの。

ただそれでも……。

「私《わたし》、本当《ほんとう》にうまくやっていけるのかなぁ」

さっき大丈夫《だいじょうぶ》って言《い》ったばかりなのに、早速《さっそく》ネガティブな言葉《ことば》がもれてしまう。

あの四人《よにん》は、いきなりやってきた私《わたし》のことを、どう思《おも》っているだろう？

長男《ちょうなん》の晴翔《はると》くんは優《やさ》しそうだったけど、末《すえ》っ子《こ》の夕也《ゆうや》くんはあんまり私《わたし》を歓迎《かんげい》してないみたい。

次男《じなん》の朝陽《あさひ》くんは穏《おだ》やかそうに見《み》えたけど、三男《さんなん》の夜空《よぞら》くんは女子《じょし》が嫌《きら》い。

そんな兄弟《きょうだい》と暮《く》らしていくなんて、不安《ふあん》しかないよ。ましてや……。

「私《わたし》、本当《ほんとう》にあの中《なか》の誰《だれ》かと、結婚《けっこん》しなきゃいけないの？　無理《むり》だよぉ」

また声《こえ》に出《だ》してしまった、不安《ふあん》でいっぱいの言葉《ことば》。

私《わたし》はお手伝《てつだ》いさんとして雇《やと》われてこの白神家《しらかみけ》にやってきたわけだけど、実《じつ》はそれは表《おもて》向《む》きの理由《りゆう》。

私《わたし》と虹華《にじか》さんと、限《かぎ》られた人《ひと》だけが知《し》っている、秘密《ひみつ》があるの。

それは四人《よにん》の兄弟《きょうだい》の中《なか》の誰《だれ》かと、結婚《けっこん》しなければいけないというものだった。

ドキドキの同居生活《どうきょせいかつ》

悲劇《ひげき》というのは、案外簡単《あんがいかんたん》に起《お》こる。

お父《とう》さんは私《わたし》が小《ちい》さい頃《ころ》に事故《じこ》で亡《な》くなって、それからお母《かあ》さんと二人《ふたり》で、力《ちから》を合《あ》わせて生《い》きてきたんだけど。

まさかお母《かあ》さんまで、交通事故《こうつうじこ》で亡《な》くなっちゃうなんて。

だけどそれを悲《かな》しむ暇《ひま》もなく、さらなる衝撃《しょうげき》が。

お母《かあ》さんのお葬式《そうしき》の最中《さいちゅう》に私《わたし》の祖父《そふ》を名乗《なの》る、身《み》なりの整《ととの》ったおじいさんが現《あらわ》れたの。

「幸奈《ゆきな》、お前《まえ》は今日《きょう》からワシのところへ来《こ》い。神楽木《かぐらぎ》グループの一員《いちいん》としてふさわしい人《にん》間《げん》になれるよう、きっちり教育《きょういく》してやるからな」

とつぜんの申《もう》し出《で》にあぜんとしていると、おじいさんの秘書《ひしょ》という男性《だんせい》が。

「春日野幸奈様《かすがのゆきなさま》ですね。こちらは神楽木《かぐらぎ》グループ会長《かいちょう》の、神楽木孝蔵様《かぐらぎこうぞうさま》。亡《な》くなられたアナタのお母様《かあさま》の、お父様《とうさま》に当《あ》たられます」

え、神楽木《かぐらぎ》グループって、あの私《わたし》でも知《し》ってる大企業《だいきぎょう》!?

「まったく円《まどか》め。家《いえ》を飛《と》び出《だ》してあんな男《おとこ》と一緒《いっしょ》になったと思《おも》ったらこれか。最後《さいご》まで役立《やくた》たずだったな」

——っ！　そんな言《い》い方《かた》、ひどい！

そういえば、お母《かあ》さんが昔教《むかしおし》えてくれたことがある。おじいさんとケンカして家《いえ》を飛《と》び出《だ》して、お父《とう》さんと結婚《けっこん》したんだって。

その時《とき》ケンカしたおじいさんが、この孝蔵会長《こうぞうかいちょう》ってこと？

私《わたし》を引《ひ》きとって教育《きょういく》するなんて言《い》われて不安《ふあん》で胸《むね》がいっぱいになる。

だけどそのとき……。

「孝蔵《こうぞう》さん、少《すこ》しよろしいでしょうか？　幸奈《ゆきな》ちゃんのことで、話《はなし》があるんですけど」

私達《わたしたち》に声《こえ》をかけてきたのは凛《りん》とした雰囲気《ふんいき》の、喪服《もふく》を着《き》た美人《びじん》な女性《じょせい》。

亡《な》くなったお母《かあ》さんの友達《ともだち》の、白神虹華《しらかみにじか》さんだったの。

虹華《にじか》さんはお母《かあ》さんが生《い》きていた頃《ころ》に何度《なんど》もうちに遊《あそ》びに来《き》てたから、私《わたし》もよく知《し》っていたんだけど、秘書《ひしょ》さんが。

「おどろきました。幸奈様《ゆきなさま》、白神《しらかみ》グループの虹華様《にじかさま》とお知《し》り合《あ》いだったのですね」

「え、白神《しらかみ》グループって？」

「ご存知《ぞんじ》ありませんか？　神楽木《かぐらぎ》グループと肩《かた》を並《なら》べる大手企業《おおてきぎょう》なのですけど」

知《し》ってる。テレビでよく見《み》る名前《なまえ》だけど……って、虹華《にじか》さんって、その白神《しらかみ》グループの関係者《かんけいしゃ》だったの!?

おどろいていると、その虹華《にじか》さんの口《くち》から、さらなる衝撃発言《しょうげきはつげん》が飛《と》び出《だ》した。

「先《さき》ほど幸奈《ゆきな》ちゃんを引《ひ》き取《と》ると聞《き》こえたのですけど、困《こま》りましたねえ。幸奈《ゆきな》ちゃんは、**私《わたし》が引《ひ》き取《と》るつもりでいたんですのよ**」

「えっ!?」

「なに？」

私《わたし》も孝蔵会長《こうぞうかいちょう》も、同時《どうじ》におどろく。

「円《まどか》は言《い》っていました。自分《じぶん》にもしものことがあったら、幸奈《ゆきな》ちゃんをお願《ねが》いって。私《わたし》は親友《しんゆう》として、円《まどか》との約束《やくそく》を守《まも》るつもりです」

「あいつめ、余計《よけい》なことを。しかしこちらも、ハイそうですかとはうなずけませんぞ。幸《ゆき》奈《な》はあの親不孝者《おやふこうもの》の娘《むすめ》とはいえ、神楽木《かぐらぎ》グループの者《もの》。役《やく》に立《た》ってもらわなければ困《こま》りますからなあ」

孝蔵会長《こうぞうかいちょう》の物言《ものい》いにゾッとする。

役《やく》に立《た》ってもらうって、私《わたし》は物《もの》じゃないのに。

「役《やく》に立《た》ってもらわなければ困《こま》る、ですか。では具体的《ぐたいてき》に、幸奈《ゆきな》ちゃんをどうするおつもりなのですか？」

「決《き》まっている。幸奈《ゆきな》にはしっかり教育《きょういく》をほどこした後《あと》、グループ発展《はってん》のためにどこかに嫁《とつ》がせる」

今《いま》、嫁《とつ》がせるって言《い》った!?　それって政略結婚《せいりゃくけっこん》ってやつ？

いきなりの話《はなし》に、私《わたし》はおどろくばかりだったけど。虹華《にじか》さんはあわてる様子《ようす》もなく、ニッコリと笑《わら》う。

「なるほど。それでしたら、一《ひと》つ提案《ていあん》があります。孝蔵《こうぞう》さんはかねてより、神楽木《かぐらぎ》グループと白神《しらかみ》グループのつながりを、より強固《きょうこ》にしたいとおっしゃっていましたよね？」

「うむ、たしかに言《い》ったが」

「それでしたら幸奈《ゆきな》ちゃんと私《わたし》の息子達《むすこたち》の誰《だれ》かを、結婚《けっこん》させるというのはどうでしょうか？」

「……へ？」

予想《よそう》のななめ上《うえ》をいく展開《てんかい》に、声《こえ》がもれる。

ちょ、ちょっと待《ま》ってください！　どうしてそうなるんですか⁉

あわてた私《わたし》は虹華《にじか》さんを引《ひ》っぱって、小声《こごえ》で話《はな》しかける。

「に、虹華《にじか》さん。結婚《けっこん》って、私《わたし》まだ中二《ちゅうに》なんですけど」

「ごめんね。孝蔵《こうぞう》さんを納得《なっとく》させるには、今《いま》はこれしかないの。孝蔵《こうぞう》さんのところに行《い》ったら、きっともっと大変《たいへん》よ。円《まどか》なんて昔《むかし》、毎日《まいにち》たおれるくらい、勉強《べんきょう》や習《なら》いごとをやらされてたんだから」

そ、そんなに？

「その上《うえ》、グループ発展《はってん》のために五十歳《ごじっさい》近《ちか》く年上《としうえ》のおじいさんと結婚《けっこん》させられそうになって、それが嫌《いや》で家《いえ》を飛《と》び出《だ》したのよ」

ご、五十歳《ごじっさい》⁉　それって、当時《とうじ》の孝蔵会長《こうぞうかいちょう》よりも年上《としうえ》なんじゃ？

「お願《ねが》い。悪《わる》いようにはしないから、私《わたし》に任《まか》せて」

ギュッと手《て》を握《にぎ》ってくる虹華《にじか》さん。

不安《ふあん》もあったけど……虹華《にじか》さんなら、信《しん》じられる気《き》がした。

孝蔵会長《こうぞうかいちょう》は、少《すこ》し考《かんが》えている様子《ようす》だったけど、やがて大《おお》きくうなずいた。

「なるほど、悪《わる》くない話《はなし》だ。よかろう、幸奈《ゆきな》のことはお前《まえ》さんにあずけよう」

「ありがとうございます」

「ただし、もしもうまくいかなければ、幸奈《ゆきな》はすぐにうちが引《ひ》き取《と》る。幸奈《ゆきな》、円《まどか》のように、逃《に》げようなどと思《おも》うなよ」

「……はい」

有無《うむ》を言《い》わせない孝蔵会長《こうぞうかいちょう》からは、肉親《にくしん》の愛情《あいじょう》なんてまったく感《かん》じられない。

もしかしたらお母《かあ》さん、これを見《み》こして私《わたし》を虹華《にじか》さんにたくそうとしたのかも。

それから孝蔵会長《こうぞうかいちょう》と虹華《にじか》さんは二人《ふたり》で何《なに》かを話《はな》していたけど、やがて虹華《にじか》さんが私《わたし》のもとにやってきた。

「待《ま》たせちゃったわね。大変《たいへん》なことになったけど、さっそくいろいろ準備《じゅんび》しなくちゃね」

「はい……って、いったいなんの準備《じゅんび》ですか?」

「ああ、ごめんなさい。まだ話《はな》してなかったわね。会《あ》ったこともない男《おとこ》の子《こ》と結婚《けっこん》なんて言《い》われても、幸奈《ゆきな》ちゃん困《こま》るでしょ」

はい、とっても。

そもそも彼氏《かれし》すらいたことないのに、結婚《けっこん》なんて。

「だからまずはお互《たが》いのことを知《し》ってもらおうと思《おも》って、幸奈《ゆきな》ちゃんはうちであずかることにしたの」

「ええっ⁉」

私《わたし》これから、いったいどうなっちゃうんだろう？


……とまあ、そんなことがあったのが数日前《すうじつまえ》。

それから身辺整理《しんぺんせいり》をした後《あと》、虹華《にじか》さんに連《つ》れられて白神家《しらかみけ》にやってきたのが昨日《きのう》。

とりあえず四兄弟《よんきょうだい》には私《わたし》が神楽木《かぐらぎ》グループの関係者《かんけいしゃ》だってことはふせて、虹華《にじか》さんの友達《ともだち》の娘《むすめ》とだけ伝《つた》えてあるみたい。

結婚《けっこん》のことを話《はな》したら気《き》まずくなるかもしれないから、虹華《にじか》さんと相談《そうだん》して、お手伝《てつだ》いさんとして雇《やと》われたってことにしたの。

一緒《いっしょ》に生活《せいかつ》していくなら、結婚《けっこん》の話《はなし》とか関係《かんけい》なしに仲《なか》よくしたいって思《おも》うけど、あの四《よん》兄弟《きょうだい》と、うまくやっていけるのかなあ？

とくに夜空《よぞら》くん。女子《じょし》が嫌《きら》いって話《はなし》だけど……。

そして私《わたし》には、もう一《ひと》つやらなきゃいけないことがあるの。

それは……。

「ふふ、幸奈《ゆきな》ちゃん、とっても似合《にあ》っているわよ。かわいいー」

「そうですか？　ありがとうございます」

日曜日《にちようび》の午後《ごご》、私《わたし》は虹華《にじか》さんの用意《ようい》してくれた新《あたら》しい学校《がっこう》の制服《せいふく》に袖《そで》を通《とお》していた。

今《いま》まで通《かよ》っていた中学校《ちゅうがっこう》は遠《とお》くて通《かよ》えないから、明日《あした》から夜空《よぞら》くん達《たち》が通《かよ》っている天《あま》乃原学園《のはらがくえん》っていうセレブ校《こう》に、転校《てんこう》することになったの。

「そうだ、せっかくだからあの子達《こたち》にも見《み》てもらおう。かわいい幸奈《ゆきな》ちゃんを見《み》たら、きっと喜《よろこ》ぶわよ」

「え？　そ、そうでしょうか？」

虹華《にじか》さんは部屋《へや》を出《で》ていくと、すぐに夜空《よぞら》くんを連《つ》れて戻《もど》ってきた。

「残念《ざんねん》、晴翔達《はるとたち》は出《で》かけてて、夜空《よぞら》しかいなかったわ」

……よりによって夜空《よぞら》くんかあ。

女子《じょし》が苦手《にがて》なのに、大丈夫《だいじょうぶ》かなぁ……なんて思《おも》っていると。

「その制服《せいふく》、うちの学校《がっこう》の？」

「うん、明日《あした》から転校《てんこう》するんだけど……」

「初《はじ》めて聞《き》いたんだけど」

寝耳《ねみみ》に水《みず》といった様子《ようす》の夜空《よぞら》くん。

私《わたし》はあわてて虹華《にじか》さんを見《み》たけど、「あれ、言《い》ってなかったっけ？」だって。

夜空《よぞら》くんは少《すこ》しのあいだ私《わたし》を見《み》た後《あと》、やがてハッとしたように言《い》う。

「うちの学校《がっこう》に来《く》るのかよ。天乃原《あまのはら》のやつらは庶民《しょみん》には厳《きび》しいから、たぶんアンタには合《あ》わないぞ」

「え？」

庶民《しょみん》には厳《きび》しいって、どういうこと？

よくわからないけど、歓迎《かんげい》されてないのかなあ？

「ご、ごめん。でも、早《はや》く馴染《なじ》めるようがんばるから」

「そういうことじゃないんだけどな。あと、うちで暮《く》らしてるってことは、学校《がっこう》では言《い》うな」

「え、どうして？」

「面倒《めんどう》なことにならないためだ。絶対《ぜったい》に黙《だま》ってろよ」

「う、うん……」

たしかに男子《だんし》と同《おな》じ家《いえ》に住《す》んでるって知《し》られたら、何《なに》か言《い》われそうだし。

夜空《よぞら》くんの言《い》いたいこともわかる。

そもそも夜空《よぞら》くんは女子嫌《じょしぎら》いだし、仕方《しかた》ないよね……。

「こら夜空《よぞら》、幸奈《ゆきな》ちゃんをイジメちゃダメでしょ」

「そんなつもりはねーよ。俺《おれ》はただ……」

虹華《にじか》さんに言《い》い返《かえ》した夜空《よぞら》くんだったけど、不安《ふあん》そうにしている私《わたし》を見《み》て、言葉《ことば》をつまらせた。

「……お前《まえ》もそんな顔《かお》するな」

「うん……ゴメンね」

「べつに悪《わる》いことしたわけじゃないんだから、謝《あやま》らなくていい……俺《おれ》、もう行《い》くわ」

夜空《よぞら》くんはそのまま部屋《へや》を出《で》ていっちゃって、虹華《にじか》さんが困《こま》ったみたいに苦笑《にがわら》いする。

「ごめんね。あの子《こ》、無愛想《ぶあいそ》で」

「いえ……私《わたし》、夜空《よぞら》くんに嫌《きら》われてるんでしょうか？」

「そんなことないわ。きっとまだ、緊張《きんちょう》してるのよ」

そうなのかなあ？

なんにせよ、これから同《おな》じ家《いえ》で生活《せいかつ》していくのなら、仲《なか》よくしたい。

これから、がんばっていかなくちゃ！

天乃原学園《あまのはらがくえん》の洗礼《せんれい》

一夜明《いちやあ》けた月曜日《げつようび》。

私《わたし》は新《あたら》しい制服《せいふく》を着《き》て、天乃原学園《あまのはらがくえん》に初《はじ》めて登校《とうこう》した。

「春日野幸奈《かすがのゆきな》です。この学園《がくえん》の一員《いちいん》になれてうれしいです。よろしくお願《ねが》いします」

二年二組《にねんにくみ》の教室《きょうしつ》の、教壇《きょうだん》の前《まえ》で自己紹介《じこしょうかい》。

教室中《きょうしつじゅう》の生徒《せいと》がこっちを見《み》てるけど、もちろん知《し》らない顔《かお》ばかり。

あ、違《ちが》う。教室《きょうしつ》の右奥《みぎおく》に、朝陽《あさひ》くんがいた。

目《め》が合《あ》うと、少《すこ》しだけ笑《わら》ってくれる。

朝陽《あさひ》くんともまだ会《あ》って間《ま》もないけど、それでも知《し》り合《あ》いが一人《ひとり》いるだけで安心《あんしん》するよ。

それから私《わたし》は用意《ようい》された席《せき》について。

ホームルームが終《お》わると、とたんに人《ひと》が集《あつ》まってきた。

「ねえ、春日野《かすがの》さんってどこから来《き》たの？」

「この時期《じき》に転校《てんこう》なんて、めずらしいね」

「えっと、前《まえ》いた学校《がっこう》は、他県《たけん》の中学校《ちゅうがっこう》なんだけど……」

飛《と》んでくる質問《しつもん》に一《ひと》つずつ答《こた》えていく。

昨日夜空《きのうよぞら》くんが、天乃原学園《あまのはらがくえん》は私《わたし》には合《あ》わないみたいなことを言《い》ってたから心配《しんぱい》だったけど、これなら大丈夫《だいじょうぶ》そう。

とはいえセレブ校《こう》の雰囲気《ふんいき》には、ちょっと緊張《きんちょう》しちゃうかも。

つい先日《せんじつ》おじいちゃんが日本屈指《にほんくっし》の大企業《だいきぎょう》の会長《かいちょう》だってわかったけど、私自身《わたしじしん》は庶民《しょみん》の生活《せいかつ》しかしてこなかったから。

「ねえ春日野《かすがの》さんのおうちは、何《なに》をしているの？」

答《こた》えにくい質問《しつもん》をされて、困《こま》っちゃう。

どうしよう。お父《とう》さんもお母《かあ》さんもいないし、おじいさんの孝蔵会長《こうぞうかいちょう》のことを言《い》った方《ほう》がいいのかなあ？

なんて返事《へんじ》に困《こま》っていると、離《はな》れた場所《ばしょ》から……。

「ちょっとジャマよ。どきなさい」

怒《おこ》ったような声《こえ》が聞《き》こえてきた。なんだろう？

「きゃっ！」

続《つづ》けて誰《だれ》かの叫《さけ》ぶような声《こえ》がして、見《み》ると一人《ひとり》の女子生徒《じょしせいと》が床《ゆか》に膝《ひざ》をついてうつむいているじゃない！

そのかたわらには女子《じょし》が三人《さんにん》立《た》っていて、彼女《かのじょ》を見下《みお》ろしていた。

「そんなところでボーッとつっ立《た》ってたらジャマでしょ」

「ご、ごめんなさい」

なにあれ？

あんなふうに誰《だれ》かが一方的《いっぽうてき》に責《せ》められるのは、見《み》ていて気持《きも》ちのいいものじゃない。けど、周《まわ》りにいた子達《こたち》はというと。

「ふふふ、かわいそう。まあ佐伯《さえき》さんじゃあ仕方《しかた》ないか。あの子《こ》、成《な》り上《あ》がりの家《いえ》の子《こ》なんだもの」

「そうそう。親《おや》が事業《じぎょう》でちょっとうまくいったとかで、調子《ちょうし》に乗《の》ってうちの学校《がっこう》に入《はい》ってきたみたいだけど。そんな気品《きひん》も伝統《でんとう》もない家《いえ》の子《こ》が天乃原《あまのはら》に来《こ》られると、迷惑《めいわく》よね」

みんなクスクス笑《わら》っているけど、私《わたし》は何《なに》がおかしいのかまるでわからない。

昨日夜空《きのうよぞら》くんが、天乃原《あまのはら》の人達《ひとたち》が庶民《しょみん》には厳《きび》しいって言《い》ってたけど、ひょっとしてこういうこと？

家柄《いえがら》や親《おや》の職業《しょくぎょう》で、差別《さべつ》してるってことなの？

前《まえ》の学校《がっこう》でも、クラスで上《うえ》の立場《たちば》の子《こ》には逆《さか》らっちゃいけないみたいな雰囲気《ふんいき》はあったけど、それをもっとあからさまにしたような感《かん》じ。

すると責《せ》められていた女《おんな》の子《こ》が、顔《かお》を上《あ》げる。

長《なが》い髪《かみ》をして、眼鏡《めがね》をかけていて……あれ？　あの子《こ》ってもしかして……。

「真子《まこ》？　もしかして真子《まこ》なの!?」

「幸奈《ゆきな》？」

私《わたし》は席《せき》を立《た》つと、その子《こ》のもとに急《いそ》いでかけ寄《よ》る。

どうしてすぐに気《き》づかなかったんだろう。

眼鏡《めがね》をかけた目《め》でこっちを見《み》ている彼女《かのじょ》はやっぱり、佐伯真子《さえきまこ》だ。

「大丈夫《だいじょうぶ》？　立《た》てる？」

「うん……ありがとう」

手《て》をさしのべると、彼女《かのじょ》はギュッとそれをつかむ。

真子《まこ》は小学校《しょうがっこう》の頃《ころ》、毎日《まいにち》のように一緒《いっしょ》に遊《あそ》んでいた親友《しんゆう》。

中学《ちゅうがく》に上《あ》がる時《とき》に、おうちの都合《つごう》で引《ひ》っ越《こ》してしまってそれっきりだったけど、真子《まこ》の進学先《しんがくさき》って、天乃原学園《あまのはらがくえん》だったの!?

するとさっきまで真子《まこ》を責《せ》めていた子《こ》たちが、いぶかしげに私《わたし》を見《み》てきた。

「春日野《かすがの》さん、アナタ佐伯《さえき》さんと知《し》り合《あ》いなの？　まさか春日野《かすがの》さんも成《な》り上《あ》がり？」

「困《こま》るのよねえ。天乃原学園《あまのはらがくえん》にふさわしくない人《ひと》がいると、学校《がっこう》の品《ひん》が下《さ》がるもの。ねえ佐伯《さえき》さん」

見下《みくだ》すような目《め》を向《む》けられて、真子《まこ》がビクッと身《み》をふるわせる。

どうやら夜空《よぞら》くんの言《い》ってた庶民《しょみん》に厳《きび》しいという話《はなし》は、本当《ほんとう》みたいだけど……。

私《わたし》は真子《まこ》を背中《せなか》にかくしながら、彼女達《かのじょたち》に言《い》い放《はな》つ。

「この学園《がくえん》にふさわしいのがどういう人達《ひとたち》なのか、私《わたし》にはわからないけど……少《すく》なくとも真子《まこ》は、学校《がっこう》の品位《ひんい》を下《さ》げるような子《こ》じゃないよ！」

「は？」

言《い》い返《かえ》されるとは思《おも》ってなかったのか、目《め》を丸《まる》くさせる。

彼女達《かのじょたち》が怖《こわ》くないわけじゃなかったけど、親友《しんゆう》が悪《わる》く言《い》われるなんてイヤだもの。

するとそこに……。

「もうそのへんでいいんじゃないかな」

「朝陽《あさひ》くん？」

声《こえ》をかけてきたのは、朝陽《あさひ》くん。

彼《かれ》は私達《わたしたち》の間《あいだ》に割《わ》って入《はい》って、ニコッと笑《わら》った。

「幸奈《ゆきな》ちゃんとは、ちょっとした知《し》り合《あ》いでね。あんまりおどかさないでほしいんだけど、ダメかな？」

「あ、朝陽《あさひ》くんの知《し》り合《あ》い？　おどかすなんてそんな。私達《わたしたち》ちょっと話《はな》してただけよ」

笑《わら》ってごまかしてるけどその笑顔《えがお》は引《ひ》きつっていて、気《き》まずそうにそそくさと退散《たいさん》していく。

助《たす》かったのかな……。

「転校《てんこう》そうそう、やってくれるね」

「――っ！」

ボソリとつぶやく朝陽《あさひ》くんに、ビクッとふるえる。

ど、どうしよう。転校《てんこう》してきたばかりなのに騒《さわ》ぎを起《お》こして、怒《おこ》ってるかな？

だけど朝陽《あさひ》くんは、私《わたし》にだけ聞《き》こえる小《ちい》さな声《こえ》でささやいた。

「やるじゃん」

それだけ言《い》うと役目《やくめ》は終《お》わったと言《い》わんばかりに、自分《じぶん》の席《せき》に戻《もど》っていく。

ひょっとして、ほめられた？

ビックリしたけどホッとして、真子《まこ》へと向《む》き直《なお》る。

「真子《まこ》、大丈夫《だいじょうぶ》？」

「うん……本当《ほんとう》に、幸奈《ゆきな》なんだね」

ホッとしたような、穏《おだ》やかな笑《え》みを浮《う》かべる真子《まこ》。

まさか離《はな》ればなれになっていた親友《しんゆう》と、こんな形《かたち》で再会《さいかい》するなんて。

本当《ほんとう》に嬉《うれ》しい時《とき》って、案外言葉《あんがいことば》は出《で》てこない。

私達《わたしたち》はだまって見《み》つめ合《あ》ったまま、互《たが》いに笑《わら》った。

一緒《いっしょ》にお弁当《べんとう》

お昼休《ひるやす》み。

天乃原学園《あまのはらがくえん》には食堂《しょくどう》やカフェテリアがあって、ほとんどの生徒《せいと》はそこでお昼《ひる》を食《た》べているみたい。

けど私《わたし》はそっちには行《い》かずに、真子《まこ》と一緒《いっしょ》に中庭《なかにわ》のベンチに腰《こし》を下《お》ろしていた。

「真子《まこ》はいつもお弁当《べんとう》なんだ」

「うん。ここの学食《がくしょく》のメニューは、ちょっと高《たか》くて」

恥《は》ずかしそうに言《い》う真子《まこ》。

話《はなし》によると、真子《まこ》のお父《とう》さんが事業《じぎょう》で成功《せいこう》して、天乃原《あまのはら》に通《かよ》うことになんだって。

けど新《あたら》しく入《はい》ってきた真子《まこ》への風当《かぜあ》たりは強《つよ》くて、大変《たいへん》みたい。

「それにしてもおどろいたよ。まさか真子《まこ》と会《あ》えるなんて」

「私《わたし》も。転校生《てんこうせい》が来《き》たと思《おも》ったら、幸奈《ゆきな》だったんだもん。さっきは助《たす》けてくれて、本当《ほんとう》にありがとう」

深《ふか》く頭《あたま》を下《さ》げられたけど、そんなふうにお礼《れい》を言《い》われると照《て》れちゃうよ。

「たしか、前《まえ》にもこんなことあったよね。小学校《しょうがっこう》のころ、私《わたし》が男子《だんし》にイジワルされてたとき、注意《ちゅうい》してくれたっけ」

「あったねえ。真子《まこ》はかわいいから、よく男子《だんし》にちょっかい出《だ》されてたっけ」

「いや、かわいくないから。むしろその逆《ぎゃく》だって」

なんて言《い》って謙遜《けんそん》してるけど、私《わたし》は知《し》ってる。

普段《ふだん》はぶ厚《あつ》い眼鏡《めがね》がジャマをして気《き》づいてない人《ひと》が多《おお》いけど、真子《まこ》はすっごく美人《びじん》なの！

「そういえば。幸奈《ゆきな》って、あのロイヤルファミリーの朝陽《あさひ》くんと知《し》り合《あ》いだったんだね」

「う、うん。お母《かあ》さん同士《どうし》が仲《なか》よくて……」

一緒《いっしょ》に暮《く》らしてることはバラしちゃいけないから、詳《くわ》しく説明《せつめい》するわけにはいかない。

お母《かあ》さんが亡《な》くなったことは話《はな》した方《ほう》がいいのかもしれないけど、それも言《い》いそびれちゃった。

それはそうと、気《き》になることが。

「ところで、ロイヤルファミリーってなに？」

「ロイヤルファミリーっていうのは、朝陽《あさひ》くんとふたごの弟《おとうと》の夜空《よぞら》くん。それにお兄《にい》さんの晴翔《はると》先輩《せんぱい》や、一年生《いちねんせい》の夕也《ゆうや》くん四兄弟《よんきょうだい》のことで、生徒《せいと》の間《あいだ》ではそう呼《よ》ばれているの」

へえー、みんな学校《がっこう》では有名人《ゆうめいじん》なんだ。

それにしてもロイヤルファミリーって、なんかすごい名前《なまえ》。

「白神《しらかみ》グループと言《い》えば、うちの学校《がっこう》でもトップの名家《めいか》だからね。それに美形《びけい》ぞろいだから、女子《じょし》に人気《にんき》があるんだよ」

それはわかるかも。

私《わたし》も一緒《いっしょ》に暮《く》らしてて、目《め》が合《あ》ってドキッとしたこと、やっぱりあるもん。

「幸奈《ゆきな》は、朝陽《あさひ》くんたちとは仲《なか》いいの？」

「ど、どうだろう？　一応《いちおう》、四人《よにん》とも知《し》り合《あ》いなんだけど……」

たぶん、仲《なか》よくはないんじゃないかなあ？

同《おな》じ家《いえ》で生活《せいかつ》してはいるけど、まだギクシャクしてるから。

とくに……。

「朝陽《あさひ》くんはさっき助《たす》けてくれたけど、夜空《よぞら》くんには嫌《きら》われてるかも。声《こえ》をかけても、避《さ》けられてるし」

「え、あの夜空《よぞら》くんに声《こえ》かけたことあるの？　それだけでもすごいから。彼《かれ》、女子嫌《じょしぎら》いで有名《ゆうめい》なんだよ」

やっぱり、学校《がっこう》でもそうなんだ。

詳《くわ》しく話《はなし》を聞《き》いてみると、四兄弟《よんきょうだい》はそれぞれファンクラブがあるくらい人気《にんき》だけど、夜空《よぞら》くんは周《まわ》りからは、『氷《こおり》の王子《おうじ》』って呼《よ》ばれてるんだって。

「話《はな》しかけても塩対応《しおたいおう》で、女子《じょし》とからむことはまずないから。ファンの子達《こたち》は遠巻《とおま》きに観賞《かんしょう》するしかないみたい。けど人気《にんき》はあって、他《ほか》の学校《がっこう》にもファンがいるらしいよ」

ふえ〜。格好《かっこう》いいのはわかってたけど、そんなにすごいんだ。

けど女子《じょし》には塩対応《しおたいおう》かあ。

聞《き》けば聞《き》くほど、うまくやっていけるか心配《しんぱい》になるけど、一緒《いっしょ》に暮《く》らしてる以上《いじょう》、ちゃんと話《はな》せるようになりたいなあ。

二人《ふたり》で下校《げこう》

その日《ひ》の放課後《ほうかご》。

図書室《としょしつ》で勉強《べんきょう》していくという真子《まこ》と別《わか》れて、私《わたし》は帰《かえ》り支度《じたく》を始《はじ》める。

表向《おもてむ》きはお手伝《てつだ》いさんということで白神家《しらかみけ》にいるんだし、早《はや》く帰《かえ》って家事《かじ》をやらなくちゃね。

カバンを持《も》って、昇降口《しょうこうぐち》までやってくると……。

「幸奈《ゆきな》」

声《こえ》をかけてきたのは朝陽《あさひ》くん……じゃない、夜空《よぞら》くん!?

そっくりだったから、一瞬《いっしゅん》朝陽《あさひ》くんかと思《おも》ったけど、夜空《よぞら》くんだよね。

けど、彼《かれ》の方《ほう》から声《こえ》をかけてくるなんて何《なに》ごと？

「さっそくモメたんだってな。ウワサになってるぞ」

冷《つめ》たい声《こえ》に、ドキンと心臓《しんぞう》がはね上《あ》がる。

モメたっていうのは、たぶん真子《まこ》をかばった時《とき》のことだよね。

ひょっとしてもう、夜空《よぞら》くんにまで伝《つた》わってるの？

昨日忠告《きのうちゅうこく》してくれたのに早々《そうそう》に騒《さわ》ぎを起《お》こして、怒《おこ》ってるかなあ……。

「何《なに》もされなかったか？」

「え？」

のぞきこむように、見《み》つめてくる夜空《よぞら》くん。ひょっとして、心配《しんぱい》してくれてるの？

「なぐられたりケガさせられたりはしてないよな。もしそうなら俺《おれ》が話《はなし》をつけにいく」

「だ、大丈夫《だいじょうぶ》。朝陽《あさひ》くんに助《たす》けてもらったから」

目《め》をするどくさせる夜空《よぞら》くんを見《み》てると、話《はな》し合《あ》いじゃなくてケンカしちゃいそうな気《き》がして、あわてて止《と》める。

「朝陽《あさひ》、か……」

「うん。ごめんなさい、転校《てんこう》したばかりなのに、騒《さわ》いじゃって」

「……幸奈《ゆきな》が無事《ぶじ》ならそれでいい」

そう言《い》いながら、上履《うわば》きから靴《くつ》に履《は》き替《か》えはじめた夜空《よぞら》くん。

……ひょっとして、心配《しんぱい》してくれてたの？

あっけにとられて、たたずんでいると。

「帰《かえ》らないのか？」

「え、でも帰《かえ》る時間《じかん》は、ズラした方《ほう》がいいんじゃ？　一緒《いっしょ》に住《す》んでること、バレちゃうかもだし」

学校《がっこう》では同居《どうきょ》のことを黙《だま》っておくよう言《い》ったのは、夜空《よぞら》くんだけど……。

「さすがにこれくらいじゃバレないだろ。それより、幸奈《ゆきな》を一人《ひとり》にしたらトラブル起《お》こしそうで危《あぶ》なっかしい」

私《わたし》はそんな問題児《もんだいじ》じゃありません！

と言《い》いたいところだけど、早々《そうそう》にやらかしてるからなぁ……。

素直《すなお》に言《い》うことを聞《き》いて、私《わたし》も靴《くつ》に履《は》き替《か》える。

「行《い》くぞ」

夜空《よぞら》くんの後《うし》ろをついていく。

女子嫌《じょしぎら》いって話《はなし》だったのに……気《き》をつかってくれてるのかなぁ？

けど学校《がっこう》を出《で》て街《まち》の中《なか》を歩《ある》いている間《あいだ》、ずっと無言《むごん》。

な、何《なに》かしゃべること……あ、でも話《はな》しかけられても、迷惑《めいわく》かも？

そんなことを考《かんが》えながら、赤信号《あかしんごう》で足《あし》を止《と》めていると……。

「ねえ、あれって白神《しらかみ》くんじゃないの？　天乃原学園《あまのはらがくえん》の」

「朝陽《あさひ》くん……じゃない。夜空《よぞら》くんの方《ほう》かな？」

「会《あ》えるなんてラッキー」

テンション高《たか》めの声《こえ》が聞《き》こえてきて、見《み》ると天乃原学園《あまのはらがくえん》とは別《べつ》の学校《がっこう》の制服《せいふく》を着《き》た女子《じょし》達《たち》が騒《さわ》いでいる。

口《くち》ぶりからして、夜空《よぞら》くんのファンなのかな？

他校《たこう》にまでファンがいるなんて、さすがロイヤルファミリーなんて呼《よ》ばれてるだけはあるよ。

けど、その子達《こたち》の様子《ようす》を見《み》ていたら……。

——カシャ！

え？　今《いま》、写真撮《しゃしんと》らなかった？

「どう、撮《と》れた？」

「バッチリ。ふふ、待《ま》ち受《う》けにしよう」

やっぱり。

楽《たの》しそうに笑《わら》ってるけど、これって盗撮《とうさつ》だよね？

あわてて夜空《よぞら》くんを見《み》たけど、彼女達《かのじょたち》の方《ほう》を見《み》てもいなかった。

「どうした？」

「えっとその、あの子達今《こたちいま》、夜空《よぞら》くんを……」

「写真《しゃしん》に撮《と》ってたことか？　気《き》にしなくていい。いつものことだ」

「でも……」

勝手《かって》に写真《しゃしん》を撮《と》られて、嫌《いや》じゃないのかな？

「ああいうのはキリがないからな。どうせ言《い》ってもなくならない。相手《あいて》にするだけ時間《じかん》のムダだ」

あきらめてるように言《い》う夜空《よぞら》くんだったけど、モヤモヤする。

夜空《よぞら》くんがいいって言《い》うなら、私《わたし》が気《き》にするのはおかしいのかもしれないけど……でもこんなの、やっぱり納得《なっとく》できない。

気《き》づけば、騒《さわ》いでる女子達《じょしたち》の方《ほう》に足《あし》を向《む》けていた。

「幸奈《ゆきな》？」

夜空《よぞら》くんに呼《よ》ばれたけど、歩《ある》き出《だ》した足《あし》は止《と》まらない。

「すみません。さっき撮《と》った写真《しゃしん》、消《け》してもらえませんか」

「は？　なによアンタ？」

彼女達《かのじょたち》は私《わたし》を、怪訝《けげん》そうに見《み》る。

「なにこの子《こ》？　夜空《よぞら》くんと一緒《いっしょ》にいたみたいだけど、まさか彼女《かのじょ》？」

「いや、違《ちが》うでしょ。そんなかわいくもないし、全然《ぜんぜん》つり合《あ》ってないもん」

うっ。その通《とお》りなんだけど、そんな言《い》い方《かた》をされるとやっぱりちょっとヘコむ……。

って、今《いま》は私《わたし》のことはどうでもいいの。

「今《いま》、写真撮《しゃしんと》りましたよね。勝手《かって》に撮《と》るの、よくないです」

「なによ。いいじゃんこれくらい、みんなやってるし～」

「そうそう。別《べつ》にSNS《エスエヌエス》に上《あ》げてるわけでもないんだし、自分《じぶん》で持《も》ってるだけならよくな

い？」

彼女《かのじょ》たちは平気《へいき》そうに笑《わら》ってるけど、知《し》らない人《ひと》に勝手《かって》に写真《しゃしん》を撮《と》られるのって、すごく気持《きも》ち悪《わる》くないかな？

夜空《よぞら》くんは気《き》にしなくていいって言《い》ってたし、余計《よけい》なお世話《せわ》なのかもしれないけど……。

「お願《ねが》いします。写真《しゃしん》のデータを消《け》してください」

「だから～、これくらい別《べつ》にいいでしょ。だいたいアンタ、夜空《よぞら》くんのなんなわけ？」

「ひょっとして、夜空《よぞら》くんのストーカー？　怖《こわ》っ！」

「人《ひと》にどうこう言《い》っといて、そっちの方《ほう》がヤバいじゃん。だいたい、ダメだなんて言《い》われたこと一度《いちど》もないんだけど」

まるでこっちが悪《わる》いことをしているみたいに責《せ》められて、悔《くや》しさでスカートをギュッと握《にぎ》る。

けど、言《い》い返《かえ》そうとしたその時《とき》……。

「俺《おれ》は撮《と》っていいなんて言《い》ったこと、一度《いちど》もないけどな」

「え？　よ、夜空《よぞら》くん!?」

いつの間《ま》に来《き》たのか、すぐ後《うし》ろに夜空《よぞら》くんがいて、盗撮《とうさつ》していた女子達《じょしたち》に、するどい目《め》を向《む》けている。

「写真《しゃしん》を撮《と》ることを許可《きょか》した覚《おぼ》えはないんだけど、どうして勝手《かって》に撮《と》ってんだ？」

「こ、これは……みんなやってるし」

「みんなって誰《だれ》？　つまりそいつら全員《ぜんいん》、わざわざ注意《ちゅうい》して回《まわ》れってことか？」

「ま、待《ま》ってよ。今《いま》まで何《なに》も言《い》ってこなかったのに、どうして急《きゅう》に？」

「お前《まえ》は言《い》われなかったら、何《なに》やってもいいって思《おも》ってるのか？　わざわざ言《い》わなくても勝手《かって》に写真《しゃしん》を撮《と》るなんて、非常識《ひじょうしき》だと思《おも》うけど」

「ご、ごめん……」

私《わたし》が注意《ちゅうい》した時《とき》とはまるで違《ちが》う。

彼女達《かのじょたち》は戸惑《とまど》っていたけど、観念《かんねん》したようにスマホを操作《そうさ》して、さっき撮《と》った写真《しゃしん》を消《け》した。

「ほら、ちゃんと消《け》したから。もういいでしょ」

「ああ。さっき言《い》ってた『みんな』にも、写真《しゃしん》を消《け》すよう言《い》っておけよ。でないと……」

「わ、わかったから。もう行《い》こう」

彼女達《かのじょたち》は逃《に》げるように去《さ》っていって、後《あと》には私《わたし》と夜空《よぞら》くんだけが残《のこ》される。

「あ、ありがとう。助《たす》けてくれて……痛《いた》っ！」

いきなりデコピンされて、ビックリして額《ひたい》を押《お》さえる。

「いいって言《い》ったのに、なに一人《ひとり》で無茶《むちゃ》してるんだ」

夜空《よぞら》くん、あきれちゃったかな……。

「……変《か》わってないんだな」

「え？」

気《き》のせいかな？　一瞬《いっしゅん》、夜空《よぞら》くんが笑《わら》ったような気《き》がしたんだけど。

まるで何《なに》ごともなかったみたいに歩《ある》きだして、私《わたし》も後《あと》を追《お》った。

がんばり屋《や》の夕也《ゆうや》くん

夜《よる》になって。私《わたし》は帰宅《きたく》した虹華《にじか》さんと一緒《いっしょ》に、夕飯《ゆうはん》を作《つく》っていた。

「幸奈《ゆきな》ちゃんが手伝《てつだ》ってくれてうれしいわ。実《じつ》は娘《むすめ》とこうして一緒《いっしょ》に料理《りょうり》するのが夢《ゆめ》でね。幸奈《ゆきな》ちゃんがうちの誰《だれ》かとくっついてくれたら、本当《ほんとう》にうれしいんだけど」

なんて言《い》われて、ドキッとする。

やがて料理《りょうり》も完成《かんせい》して、夕飯《ゆうはん》の時間《じかん》になったんだけど、夕也《ゆうや》くんが食卓《しょくたく》に現《あらわ》れなかったの。

「あら、夕也《ゆうや》ってばどうしたのかしら？　いつもは部活《ぶかつ》で疲《つか》れてるから、真《ま》っ先《さき》にやってくるのに」

「いや、今日《きょう》は部活《ぶかつ》は休《やす》みだ。もうすぐテストだからな」

晴翔《はると》くんが答《こた》える。

そういえば私《わたし》も、来週《らいしゅう》テストがあるけど勉強《べんきょう》は大丈夫《だいじょうぶ》かって、先生《せんせい》に言《い》われたっけ。

ということは、もしかしたら夕也《ゆうや》くん、部屋《へや》で勉強《べんきょう》でもしてるのかな？

「私《わたし》、夕也《ゆうや》くん呼《よ》んできますね」

リビングを出《で》て夕也《ゆうや》くんの部屋《へや》の前《まえ》までやってくると、ドアをノックする。

だけど返事《へんじ》がない。

ドアノブに手《て》を掛《か》けて中《なか》に入《はい》ると、そこには机《つくえ》に顔《かお》を伏《ふ》せている夕也《ゆうや》くんがいた。

「夕也《ゆうや》くん、晩《ばん》ごはんできたよ」

呼《よ》んでみたけど、相変《あいか》わらず反応《はんのう》はない。完全《かんぜん》に寝《ね》ちゃってるみたい。

机《つくえ》の上《うえ》を見《み》ると、教科書《きょうかしょ》やノートが広《ひろ》げられている。

やっぱり、勉強《べんきょう》してたんだ。


「ん……んんっ」

なんだかボーッとした様子《ようす》で、しばらく私《わたし》を見《み》ていたけど……。

「——っ！　アンタ、何《なに》してるんだよ!?」

完全《かんぜん》に覚醒《かくせい》した夕也《ゆうや》くんが声《こえ》を上《あ》げる。

「なに勝手《かって》に部屋《へや》に入《はい》ってきてるんだ！」

「ご、ごめん。晩《ばん》ごはんできたけど、なかなか来《こ》なかったから」

「もうそんな時間《じかん》か……すぐに行《い》くから、さっさと出《で》ていって！」

「は、はい！」

言《い》われるがまま部屋《へや》の外《そと》に出《で》たけど……どうしよう、夕也《ゆうや》くんを怒《おこ》らせちゃった。

事情《じじょう》があったとはいえ、勝手《かって》に部屋《へや》に入《はい》ったのはよくなかったかも。

それから夕也《ゆうや》くんもリビングに来《き》て、みんなで夕飯《ゆうはん》をとったんだけど、夕也《ゆうや》くんは目《め》を合《あ》わせてはくれない。

後《あと》でもう一度《いちど》、謝《あやま》った方《ほう》がいいかも。

だけど夕飯《ゆうはん》が終《お》わって、キッチンで洗《あら》い物《もの》をしていると。

「ねえ、ちょっといい？」

「ゆ、夕也《ゆうや》くん？」

まさか向《む》こうから来《く》るなんて思《おも》ってなかったから、ビックリして洗《あら》っていたお皿《さら》を落《お》としそうになる。

「ボクの部屋《へや》で、アレを見《み》た？」

「え、アレって？」

「だからほら……ボクの机《つくえ》の上《うえ》だよ」

「別《べつ》に何《なに》も。教科書《きょうかしょ》やノートがあって、勉強《べんきょう》してただけに見《み》えたけど……」

「うわぁぁぁあっ！　バッチリ見《み》てるじゃないかー！」

夕也《ゆうや》くんはいきなり、私《わたし》の口《くち》を手《て》でふさいでくる。

ふえ？　な、なに？

「ボクが勉強《べんきょう》してたこと、絶対誰《ぜったいだれ》にも言《い》わないでよね！」

そ、それはいいけど、何《なに》をそんなにあわてているのかわからない。

「どうして、勉強《べんきょう》してることを隠《かく》すの？」

「決《き》まってるでしょ。格好悪《かっこうわる》いからだよ」

「え、どこが？」

むしろしっかり勉強《べんきょう》するのはえらいことだと思《おも》うけど。

「格好悪《かっこうわる》いんだよ。ボクは兄《にい》ちゃん達《たち》と違《ちが》って、頭悪《あたまわる》いんだ。勉強《べんきょう》したくせに平均点止《へいきんてんど》まりだったら、ダサいでしょ」

「そうかな？　苦手《にがて》なのにちゃんと勉強《べんきょう》するの、えらいと思《おも》うけどなぁ」

格好悪《かっこうわる》いって思《おも》ってるなら、サボってもおかしくなさそうなのに。

すると夕也《ゆうや》くんが、バツの悪《わる》そうな顔《かお》をする。

「しかたないじゃん。やらなきゃテストがヤバいんだから。もしも赤点取《あかてんと》ったら、サッカー部《ぶ》の練習《れんしゅう》に出《で》れなくなるんだよ」

「夕也《ゆうや》くん、サッカー部《ぶ》だったんだ。それじゃあ部活《ぶかつ》に出《で》るために、勉強《べんきょう》してるってこと？」

「ああ。ボクはもっと練習《れんしゅう》して、うまくならなきゃダメなんだ。でなきゃ、アイツはひいきされてレギュラーになったって、言《い》われるからね」

「え、どういうこと？」

「前《まえ》に先輩《せんぱい》が、話《はな》してるのを聞《き》いたんだ。ボクのことを白神家《しらかみけ》のお坊《ぼっ》ちゃんだから、先生《せんせい》がひいきしてレギュラーにしたんだって……」

そんな、ひどい！

「ボクは自分《じぶん》の力《ちから》で、レギュラーになったんだ。それを証明《しょうめい》するために、もっとうまくならなきゃいけないのに……テストの点《てん》が悪《わる》かったら、部活《ぶかつ》やっちゃいけないなんて最《さい》悪《あく》！」

「お兄《にい》さん達《たち》に勉強《べんきょう》教《おし》えてもらったりはしないの？」

「冗談《じょうだん》でしょ。兄《にい》ちゃん達《たち》に教《おし》えてもらうなんて、死《し》んでもイヤだよ。ボクにだって、プライドがあるんだから」

そっぽを向《む》く夕也《ゆうや》くん。

これだけはゆずれないって感《かん》じだけど、でもそれなら……。

「それじゃあ、夕也《ゆうや》くんがよければなんだけど、私《わたし》が教《おし》えようか？」

「え？　アンタ勉強《べんきょう》できるの？」

「一年生《いちねんせい》の内容《ないよう》なら、教《おし》えられると思《おも》う」

これでも前《まえ》の学校《がっこう》では、けっこういい成績《せいせき》とれてたんだ。

夕也《ゆうや》くんは少《すこ》し悩《なや》んだみたいだったけど、ゆっくりと返事《へんじ》をする。

「じゃあ……教《おし》えてもらえる？」

やった。頼《たよ》ってくれて嬉《うれ》しい。

それから洗《あら》い物《もの》を終《お》えた後《あと》、私《わたし》は夕也《ゆうや》くんの部屋《へや》で、勉強《べんきょう》を教《おし》える。

「ここは、さっき使《つか》った公式《こうしき》を当《あ》てはめてみて。思《おも》い出《だ》しながらやれば、大丈夫《だいじょうぶ》だから」

「うん。こうだっけ？」

「そうそう。ちゃんとできてるよ！」

数学《すうがく》の問題《もんだい》を、次々《つぎつぎ》解《と》いていく夕也《ゆうや》くん。

さっきは自分《じぶん》のことを頭悪《あたまわる》いなんて言《い》ってたけど、ちゃんとやり方《かた》を教《おし》えたら案外《あんがい》のみ込《こ》みが早《はや》いかも。

「すごいちゃんとわかる！　幸奈《ゆきな》、教《おし》えるのうまいんだね」

「そんなことないよ。夕也《ゆうや》くんががんばってるからだよ」

問題《もんだい》を解《と》くのはゆっくりだけど、時間《じかん》さえかければちゃんと答《こた》えられるし、覚《おぼ》えられるんだもん。

もしかしたら今《いま》までは勉強《べんきょう》への苦手意識《にがていしき》やお兄《にい》さん達《たち》への劣等感《れっとうかん》が、ジャマをしていただけなのかも。

「この調子《ちょうし》なら、毎日続《まいにちつづ》けたらテストはバッチリだね」

「毎日《まいにち》やるのは、ちょっと大変《たいへん》だけどね」

「大丈夫《だいじょうぶ》。サッカーの練習《れんしゅう》だって、毎日《まいにち》が

んばってるんでしょ。なら勉強《べんきょう》だってできるよ」

夕也《ゆうや》くんががんばり屋《や》さんだってことは、よくわかったから。

大好《だいす》きなサッカーのためなら、苦手《にがて》な勉強《べんきょう》だってきっと続《つづ》けられるよ。

「……ありがとう」

「え？」

「教《おし》えてくれてありがとう。あと、さっきは怒《おこ》ってごめん」

照《て》れたようにはにかみながら、お礼《れい》の言葉《ことば》を口《くち》にする夕也《ゆうや》くん。

今《いま》まで夕也《ゆうや》くんとはちょっと距離《きょり》があったけど、こんな笑顔《えがお》を向《む》けてくれたことが、すごくうれしかった。

生徒会長《せいとかいちょう》の晴翔《はると》くん

夕也《ゆうや》くんに勉強《べんきょう》を教《おし》えるようになったけど、もちろん自分《じぶん》の勉強《べんきょう》だって忘《わす》れちゃいけない。転校《てんこう》してきたばかりだからちょっと大変《たいへん》だけど、がんばっていかなきゃね。

週明《しゅうあ》けにテストを控《ひか》えた、木曜日《もくようび》。昼休《ひるやす》みに、天乃原学園《あまのはらがくえん》の廊下《ろうか》を歩《ある》いていると。

「やあ、幸奈《ゆきな》ちゃん」

「あ、晴翔《はると》くん」

声《こえ》をかけてきたのは、晴翔《はると》くん。

すると廊下《ろうか》を歩《ある》いていた他《ほか》の生徒達《せいとたち》が、こっちを見《み》る。

「見《み》て、生徒会長《せいとかいちょう》よ。はぁ、今日《きょう》も素敵《すてき》」

「ねえ、声《こえ》をかけられてるあの子《こ》は誰《だれ》なの？」

ヒソヒソ声《ごえ》と、チクチクした視線《しせん》が向《む》けられて、変《へん》に背中《せなか》がむずむずしてくる。

生徒会長《せいとかいちょう》というのは、晴翔《はると》くんのこと。

実《じつ》は晴翔《はると》くん、天乃原学園《あまのはらがくえん》の生徒会長《せいとかいちょう》をやっているの。

成績《せいせき》も三年生《さんねんせい》ではトップで、夕也《ゆうや》くんが「晴翔兄《はるとにい》はなんでもできる怪物《かいぶつ》だよ」なんて言《い》ってた。

有名人《ゆうめいじん》だけあってどこにいても目立《めだ》つみたいだけど、晴翔《はると》くんは慣《な》れているのか、構《かま》わず話《はな》してくる。

「テスト勉強《べんきょう》は進《すす》んでる？　転校《てんこう》して初《はじ》めてのテストだけど、大丈夫《だいじょうぶ》そう？」

「はい、なんとか」

「ならいいけど……幸奈《ゆきな》ちゃん、最近夕也《さいきんゆうや》に勉強《べんきょう》教《おし》えてるよね」

「え？　ど、どうしてそれを？」

勉強《べんきょう》のことは、晴翔《はると》くん達《たち》にはナイショにしてるのに。

「わかるよ。これでも兄《あに》だからね。ゴメンね、本当《ほんとう》なら俺《おれ》や朝陽《あさひ》が教《おし》えるべきなんだろうけど、あいつ意地《いじ》っぱりでさ。けど、幸奈《ゆきな》ちゃんになついてくれてよかったよ」

「なつかれてるのでしょうか？　でも、私《わたし》も弟《おとうと》ができたみたいでうれしいです」

「そっか。なら幸奈《ゆきな》ちゃんは、俺《おれ》の妹《いもうと》になるのかな」

晴翔《はると》くんはイタズラっぽく笑《わら》ったけど、私《わたし》が妹《いもうと》かぁ。

「晴翔《はると》くんの妹《いもうと》が私《わたし》じゃ、ミスキャストですよ」

「そんなことないよ。うちはむさ苦《くる》しい男兄弟《おとこきょうだい》しかいないから、妹《いもうと》ができたら嬉《うれ》しいけどな。それにいずれはそうならないと、幸奈《ゆきな》ちゃんも困《こま》るでしょ？」

「え？　それってどういう意味《いみ》ですか？」

気《き》になったけど、晴翔《はると》くんは話《はなし》をそらすように話題《わだい》を変《か》えてくる。

「こっちの話《はなし》。幸奈《ゆきな》ちゃんもテストがんばってね。応援《おうえん》してるよ」

言《い》いながらそっと頭《あたま》をなでてきて、ドキッとする。

男子《だんし》から頭《あたま》をなでられるなんて普通《ふつう》なら抵抗《ていこう》があるけど、晴翔《はると》くんだと不思議《ふしぎ》と嫌《いや》じゃない。

四兄弟《よんきょうだい》の長男《ちょうなん》だけあってお兄《にい》さんって感《かん》じがして、安心感《あんしんかん》があるんだよね。

晴翔《はると》くんは「それじゃあまたね」と言《い》って去《さ》っていく。

励《はげ》ましてもらったことだし、がんばらなきゃね。

私《わたし》は晴《は》れ晴《ば》れした気持《きも》ちで、教室《きょうしつ》に戻《もど》っていったけど……。

「なんなのあの子《こ》、晴翔様相手《はるとさまあいて》に馴《な》れ馴《な》れしい」

「二組《にくみ》の春日野《かすがの》さんでしょ。ロイヤルファミリーに付《つ》きまとってるってウワサの」

知《し》らないところで恨《うら》みを買《か》っていることに、この時《とき》はまだ気《き》づいていなかった。

クラスメイトからの嫌《いや》がらせ

一夜明《いちやあ》けた金曜日《きんようび》。

昨日《きのう》は晴翔《はると》くんに応援《おうえん》の言葉《ことば》をもらって、張《は》り切《き》って勉強《べんきょう》したんだけど……。

ちょっと張《は》り切《き》りすぎちゃったかも。

今日《きょう》は朝《あさ》から、頭《あたま》が重《おも》かった。

「幸奈《ゆきな》。元気《げんき》ないけど、何《なに》かあったの？」

「調子悪《ちょうしわる》そうだけど、ひょっとして風邪《かぜ》？」

よほど顔色《かおいろ》が悪《わる》かったのかな。

みんなそろっての朝食《ちょうしょく》の最中《さいちゅう》、夕也《ゆうや》くんと朝陽《あさひ》くんが聞《き》いてきて、虹華《にじか》さんや晴翔《はると》くんも心配《しんぱい》そうにのぞきこんでくる。

「ちょっと寝不足《ねぶそく》なだけだよ。心配《しんぱい》しないで」

「それならいいけど……ひょっとして、ボクの勉強手伝《べんきょうてつだ》ってたせいで、寝《ね》るのが遅《おく》れたんじゃ」

「大丈夫《だいじょうぶ》、ほんと平気《へいき》だから！　動《うご》いていれば、目《め》なんてすぐ覚《さ》めるよ」

夕也《ゆうや》くんの言葉《ことば》をあわててさえぎる。

晴翔《はると》くんにはバレちゃってるものの、勉強《べんきょう》を教《おし》えてることは秘密《ひみつ》だものね。

すると今度《こんど》は、夜空《よぞら》くんが。

「あんまり無理《むり》をするな。体調悪《たいちょうわる》いなら、休《やす》んだらどうだ？」

「ううん、これくらい平気《へいき》だよ」

頭《あたま》が痛《いた》いのを我慢《がまん》して笑顔《えがお》を作《つく》ると、朝陽《あさひ》くんが。

「僕《ぼく》がついてるから大丈夫《だいじょうぶ》だよ。それにしても夜空《よぞら》、幸奈《ゆきな》ちゃんにはやけに優《やさ》しいよね」

「……普通《ふつう》だろ」

夜空《よぞら》くんはそっぽを向《む》いちゃったけど、私《わたし》も優《やさ》しいと思《おも》う。

最初《さいしょ》は気難《きむずか》しい印象《いんしょう》があったけど、最近《さいきん》やわらかくなってきた気《き》がするし。

そんな私達《わたしたち》を見《み》て、虹華《にじか》さんが「ふふふ」と笑《わら》う。

「ふふ、夜空《よぞら》ってば。でも幸奈《ゆきな》ちゃん、本当《ほんとう》にきつかったら、今日《きょう》はお休《やす》みする？」

「いえ、大丈夫《だいじょうぶ》です」

テスト前《まえ》の授業《じゅぎょう》を、休《やす》むわけにはいかない。

だからちょっとキツくても、学校《がっこう》に行《い》ったんだけど。

四時間目《よじかんめ》の体育《たいいく》の時間《じかん》。今日《きょう》は夜空《よぞら》くんのいるクラスとの合同授業《ごうどうじゅぎょう》。

男子《だんし》と女子《じょし》で分《わ》かれてやるから、夜空《よぞら》くんとも朝陽《あさひ》くんとも絡《から》むことはないんだけどね。

女子《じょし》がやるのはサッカー。

私《わたし》は真子《まこ》とペアを組《く》んで、パスの練習《れんしゅう》をしていたんだけど。

ボールをけっている途中《とちゅう》、気持《きも》ち悪《わる》くなってきた。

「幸奈《ゆきな》、大丈夫《だいじょうぶ》？　保健室《ほけんしつ》で休《やす》んだ方《ほう》がいいんじゃ？」

「平気《へいき》。無理《むり》しなければ大丈夫《だいじょうぶ》だから」

「もうすでに無理《むり》してるように見《み》えるけど。もう、強《つよ》がるのは悪《わる》いクセだよ。ここで体《からだ》こわしたら、来週《らいしゅう》のテストにひびくんだからね」

た、たしかに真子《まこ》の言《い》う通《とお》り、保健室《ほけんしつ》に行《い》った方《ほう》がいいかも。

だけどそう思《おも》った直後《ちょくご》……。

——ガンッ！

「えっ……」

とつぜん衝撃《しょうげき》が頭《あたま》に走《はし》って、私《わたし》は前《まえ》のめりにたおれた。

「幸奈《ゆきな》!?」

真子《まこ》の叫《さけ》ぶ声《こえ》が聞《き》こえて、サッカーボールが地面《じめん》に落《お》ちるのが見《み》える。

そうか。飛《と》んできたボールが、頭《あたま》に当《あ》たったんだ。

「あはは、ダサッ！」

もともとの体調不良《たいちょうふりょう》とボールの痛《いた》みで意識《いしき》が朦朧《もうろう》とする中《なか》、笑《わら》い声《ごえ》が頭《あたま》にひびく。

たおれたまま目線《めせん》を声《こえ》のした方《ほう》に向《む》けると、そこにいたのは前《まえ》に真子《まこ》に意地悪《いじわる》をしていた女子《じょし》。益田《ますだ》さんだ。

彼女《かのじょ》は笑《わら》っている。まさか、わざとぶつけたんじゃ？

だけど益田《ますだ》さんはこっちに近《ちか》づいてきて、たおれてる私《わたし》に手《て》をさしのべてくれた。

「ごめんなさいねー。ボールが飛《と》んでっちゃって。立《た》てる？」

「え？　あ、ありがとう」

あれ、意外《いがい》と優《やさ》しい？

わざとボールをぶつけたのかもって思《おも》ったけど、勘違《かんちが》いだったのかも。

だけど、差《さ》し出《だ》された手《て》を取《と》ろうとした瞬間《しゅんかん》、その手《て》が私《わたし》の手《て》をパンっとたたいてきた。

郵 便 は が き

お手数ですが
切手をおはり
ください。

104-0031

東京都中央区京橋1-3-1
八重洲口大栄ビル7階

スターツ出版（株）書籍編集部
愛読者アンケート係

お名前《ふりがな》	**電話**　（　　）
ご住所　（〒　　-　　）	
学年（　　年）　**年齢**（　　歳）　**性別**（　　）	
この本（はがきの入っていた本）のタイトルを教えてください。	

今後、新しい本などのご案内やアンケートのお願いをお送りしてもいいですか？
1．はい　　2．いいえ

いただいたご意見やイラストを、本の帯または新聞・雑誌・インターネットなどの広告で紹介してもいいですか？
1．はい　　2．ペンネーム（　　　　）ならOK　　3．いいえ

「野いちごジュニア文庫」愛読者カード

「野いちごジュニア文庫」の本をお買い上げいただき、ありがとうございました！
今後の作品づくりの参考にさせていただきますので、下の質問にお答えください。
（当てはまるものがあれば、いくつでも選んでOKです）

♥この本を知ったきっかけはなんですか？
1．書店で見て　2．人におすすめされて（友だち・親・その他）　3．ホームページ
4．図書館で見て　5．LINE　6．Twitter　7．YouTube
8．その他（　　　　　　　　　　　　　　　　　　　　　　　　　　　）

♥この本を選んだ理由を教えてください。
1．表紙が気に入って　2．タイトルが気に入って　3．あらすじがおもしろそうだった
4．好きな作家だから　5．人におすすめされて　6．特典が欲しかったから
7．その他（　　　　　　　　　　　　　　　　　　　　　　　　　　　）

♥スマホを持っていますか？　1．はい　2．いいえ

♥本やまんがは1日のなかでいつ読みますか？
1．朝読の時間　2．学校の休み時間　3．放課後や通学時間
4．夜寝る前　5．休日

♥最近おもしろかった本、まんが、テレビ番組、映画、ゲームを教えてください。

♥本についていたらうれしい特典があれば、教えてください。

♥最近、自分のまわりの友だちのなかで流行っているものを教えてね。
服のブランド、文房具など、なんでもＯＫ！

♥学校生活の中で、興味関心のあること、悩み事があれば教えてください。

♥選んだ本の感想を教えてね。イラストもOKです！

ご協力、ありがとうございました！

「痛《いた》っ！」

バランスを崩《くず》した私《わたし》は、またも地面《じめん》に。今度《こんど》は顔《かお》からたおれて、益田《ますだ》さんが笑《わら》う。

「あー、おかしい。まさか助《たす》けてもらえると思《おも》ったの？」

「みじめすぎてウケるんだけど」

いつの間《ま》にか周《まわ》りには人《ひと》が集《あつ》まっていて、この状況《じょうきょう》を笑《わら》っている。

今《いま》は授業中《じゅぎょうちゅう》なのに、先生《せんせい》はいったい何《なに》をして……って、そういえばさっき、何《なに》かの用《よう》で呼《よ》び出《だ》されて、今《いま》は自習《じしゅう》だったんだ。

すると今度《こんど》は、真子《まこ》の声《こえ》が飛《と》び込《こ》んでくる。

「やめてよ！　益田《ますだ》さん、どうしてこんなことするの⁉」

「うるさい。アンタも調子《ちょうし》に乗《の》りすぎなのよ！」

「キャッ⁉」

真子《まこ》が突《つ》き飛《と》ばされて、しりもちをついたのが見《み》えた。

やめて、真子《まこ》にまでひどいことしないで！

だけど叫《さけ》ぼうにも力《ちから》が入《はい》らず、そんな私《わたし》を益田《ますだ》さんがにらむ。

「アンタが悪《わる》いのよ。品《ひん》のない貧乏人《びんぼうにん》のクセに、朝陽《あさひ》くんたちに付《つ》きまとうから」

「そうよ。ちょっと優《やさ》しくされたからって、図々《ずうずう》しい」

「親《おや》が仲《なか》いいんだかなんだか知《し》らないけど、迷惑《めいわく》なのよ」

集《あつ》まってきた子《こ》たちは次々《つぎつぎ》に私《わたし》を責《せ》めて、言葉《ことば》の一《ひと》つ一《ひと》つが、頭《あたま》にガンガン響《ひび》く。

頭《あたま》が割《わ》れるように痛《いた》くて、本当《ほんとう》にマズイかも。

そして同時《どうじ》に、悔《くや》しさが込《こ》み上《あ》げてくる。

たしかに夜空《よぞら》くんや朝陽《あさひ》くんたちによくしてもらっていて、彼女達《かのじょたち》はそれがおもしろくないのかもしれない。

けど、こんなことをしてくるなんて。

だけどどれだけ悔《くや》しくても、今《いま》は立《た》ち上《あ》がるだけの元気《げんき》もないし、助《たす》けを呼《よ》ぶこともできない。

先生《せんせい》はどこかに行《い》っちゃってるし、周《まわ》りにいる女子《じょし》は益田《ますだ》さんに加勢《かせい》しているか、見《み》て見《み》ぬふりをしてる。

男子《だんし》が離《はな》れたところで授業《じゅぎょう》をしてるけど、距離《きょり》があるからよほど注意《ちゅうい》していない限《かぎ》り、たぶん気《き》づいてはもらえない。

どうすることもできなくて、みじめで泣《な》きそうになったけど、そのとき……。

「お前《まえ》ら、いい加減《かげん》にしろ」

私《わたし》の耳《みみ》に飛《と》び込《こ》んできたのは、男子《だんし》の声《こえ》。

「あ、朝陽《あさひ》くんに夜空《よぞら》くん？」

「どうして二人《ふたり》がここに⁉」

それに続《つづ》いて、ざわつくような女子《じょし》の声《こえ》が聞《き》こえてきた。

あわてて顔《かお》を上《あ》げるとそこにいたのは……本当《ほんとう》だ、朝陽《あさひ》くんと夜空《よぞら》くんだ！

けど、男子《だんし》は男子《だんし》で授業《じゅぎょう》をやってるはずじゃ。

でも二人《ふたり》はたしかにそこにいて、夜空《よぞら》くんは普段《ふだん》のクールな表情《ひょうじょう》を崩《くず》して、怒《いか》りをあらわにしている。

一方朝陽《いっぽうあさひ》くんはニッコリと、だけどどこか陰《かげ》のある笑顔《えがお》を浮《う》かべながら、益田《ますだ》さんに語《かた》りかける。

「ねえ益田《ますだ》さん。これはいったいどういうこと？　大勢《おおぜい》でよってたかってイジメるなんて、感心《かんしん》しないよ」

「そんな、私《わたし》たち別《べつ》に。これは春日野《かすがの》さんたちが勝手《かって》に転《ころ》んだだけで……」

「う、ウソだよ！　益田《ますだ》さんが、幸奈《ゆきな》にボールをぶつけたの！」

真子《まこ》が叫《さけ》ぶ。

益田《ますだ》さんは何《なに》か言《い》いたげだったけど、夜空《よぞら》くんにするどい目《め》を向《む》けられて、黙《だま》っちゃってる。

「お前《まえ》ら、最低《さいてい》だな」

夜空《よぞら》くんは冷《つめ》たい声《こえ》でそう言《い》った後《あと》、しゃがんでたおれている私《わたし》に、手《て》を回《まわ》してきたんだけど……。

「ふえっ？　よ、夜空《よぞら》くん、何《なに》を⁉」

「いいから、おとなしくしてろ」

そ、そんなこと言《い》われても～。

夜空《よぞら》くんはたおれている私《わたし》を、いわゆる〝お姫様抱《ひめさまだ》っこ〟で抱《だ》きかかえたの。

お、男《おとこ》の子《こ》に抱《かか》えられて、平気《へいき》なわけないよー！

心臓《しんぞう》が激《はげ》しく音《おと》を立《た》てて、今《いま》にも気絶《きぜつ》しそう。

だいたい夜空《よぞら》くんって女子《じょし》が嫌《きら》いなはずなのに、こんなことさせちゃっていいの⁉

「朝陽《あさひ》、ここは任《まか》せた。俺《おれ》だと怒《いか》りをおさえられそうにない」

「ああ。僕《ぼく》もどれだけ我慢《がまん》できるかわからないけど、一応了解《いちおうりょうかい》。さあ益田《ますだ》さん、どうし

てこんなことをしたか、じっくり聞《き》かせてもらおうか」

「ひぃっ！」

言葉《ことば》づかいは丁寧《ていねい》だけど、怒《おこ》ったような朝陽《あさひ》くんの声《こえ》に、こっちまでゾクッとする。

けど、私《わたし》はそれ以上《いじょう》その場《ば》に残《のこ》ることなく。

夜空《よぞら》くんに抱《かか》えられて、校舎《こうしゃ》へと運《はこ》ばれていく。

「少《すこ》し揺《ゆ》れるけど、しっかりつかまってろよ」

「う、うん」

抱《だ》っこされてるなんて恥《は》ずかしいけど、ここまできたらもう観念《かんねん》するしかない。

それにしても……。

「ね、ねえ。夜空《よぞら》くんも朝陽《あさひ》くんも、授業中《じゅぎょうちゅう》だったのにどうやって気《き》づいたの？」

「今朝《けさ》幸奈《ゆきな》の顔色《かおいろ》が悪《わる》かったから、気《き》にして見《み》てたんだよ。まさかあんなことになるなんて、思《おも》ってなかったけどな」

そうだったんだ……私《わたし》のせいで夜空《よぞら》くんや朝陽《あさひ》くんに迷惑《めいわく》かけて、情《なさ》けないや。

けど、落《お》ち込《こ》んでいると……。

「……ゴメンな、巻《ま》き込《こ》んじまって」

「え、なんで？　巻《ま》き込《こ》んだのはこっちだよ」

「いいや、俺達《おれたち》の方《ほう》なんだよ。昔《むかし》から、こんなことはしょっちゅうなんだ。俺達《おれたち》と仲《なか》よくしてた女子《じょし》が責《せ》められたりハブられたりしたのは、一度《いちど》や二度《にど》じゃないからな」

それって、夜空《よぞら》くん達《たち》をめぐっての女《おんな》の子達《こたち》のあらそいが、絶《た》えなかったってこと？

「まったく、だから女子《じょし》は苦手《にがて》なんだ」

うんざりしたように言《い》う夜空《よぞら》くんだったけど。

ひょっとして夜空《よぞら》くんが女《おんな》の子《こ》に冷《つめ》たい態度《たいど》を取《と》るのって、自分《じぶん》のせいでケンカしたりイジメたりするのが、嫌《いや》だからなのかも。

「……夜空《よぞら》くんは優《やさ》しいね」

「は？　どこがだよ」

「人《ひと》のために怒《おこ》ってくれるところが、だよ。私《わたし》は夜空《よぞら》くんのそんなところ、素敵《すてき》だと思《おも》うな」

「――っ！」

普段《ふだん》ならこんなこと照《て》れくさくて言《い》えないけど、今《いま》は不思議《ふしぎ》と言《い》えちゃう。

夜空《よぞら》くんはしばらく黙《だま》っていたけど、やがてポツリと。

「幸奈《ゆきな》はほんと、変《か》わんねーよな」

え、何《なに》？

夜空《よぞら》くんの言葉《ことば》が、不思議《ふしぎ》と胸《むね》に響《ひび》く。

なんだろう？　何《なに》かとても大事《だいじ》ことを、忘《わす》れているような……。

だけど視界《しかい》がぼやけてきて、思《おも》い出《だ》すどころじゃない。

もともと体調《たいちょう》が悪《わる》かったのに、ボールまでぶつけられたんだものね。

だんだんと意識《いしき》が、朦朧《もうろう》としてきた……。

「幸奈《ゆきな》、寝《ね》ちまったのか？　すぐ保健室《ほけんしつ》に連《つ》れていくからな」

私《わたし》を抱《かか》えながら、足《あし》を速《はや》めていく夜空《よぞら》くん。けど、眠《ねむ》る前《まえ》にこれだけは言《い》っておかなくちゃ。

助《たす》けてくれて、ありが……とう……。

いつかの思《おも》い出《で》【夜空《よぞら》side《サイド》】

保健室《ほけんしつ》にやってきたけど、先生《せんせい》は席《せき》を外《はず》しているようで姿《すがた》はない。

空《あ》いているベッドに、幸奈《ゆきな》を寝《ね》かせる。

スースーと寝息《ねいき》を立《た》てるその顔《かお》は正直《しょうじき》かわいすぎて、見《み》てはいけないような。だけどずっと見《み》ていたいような、なんとも言《い》えない気持《きも》ちになる。

ああ、もう。どうして幸奈《ゆきな》は、こんなにも俺《おれ》の心《こころ》をかき乱《みだ》すんだ。

最初《さいしょ》に会《あ》った時《とき》からそうだった。数週間前《すうしゅうかんまえ》にうちに来《き》た時《とき》じゃなくて、もっと前《まえ》の話《はなし》。

幸奈《ゆきな》は覚《おぼ》えてないみたいだけど、小学生《しょうがくせい》のころ、俺達《おれたち》は一度《いちど》会《あ》っているんだ……。


小学五年生《しょうがくごねんせい》のときの夏休《なつやす》み。

俺《おれ》は学校《がっこう》の行事《ぎょうじ》で、山《やま》にキャンプに行《い》っていたんだけど……。

「ねえねえ夜空《よぞら》くん。あっちに小川《おがわ》があるんだって。一緒《いっしょ》に行《い》こう」

「ダーメ。夜空《よぞら》くんは私達《わたしたち》と行《い》くの！」

まるで樹液《じゅえき》に集《あつ》まるカブトムシのごとく、俺《おれ》のところに寄《よ》ってくる女子達《じょしたち》。

けど俺《おれ》は、当時《とうじ》から女子《じょし》が苦手《にがて》だった。

コイツら普段《ふだん》は猫《ねこ》かぶっているけど、裏《うら》では陰口《かげぐち》を言《い》ってて、正直《しょうじき》うんざりしている。

こんなことなら来《く》るんじゃなかった。キャンプじゃなくて、朝陽《あさひ》みたいに美術館《びじゅつかん》に行《い》けばよかったって、後悔《こうかい》したけど。

何《なに》より嫌《いや》だったのが夕飯《ゆうはん》の時間《じかん》。

キャンプ場《じょう》には、外《そと》に調理《ちょうり》をするためのスペースがあって、自分達《じぶんたち》でカレーを作《つく》って食《た》べることになっていた。

「夜空《よぞら》くん、これ私《わたし》が作《つく》ったの。食《た》べてみて」

同《おな》じクラスの女子《じょし》が、皿《さら》に入《はい》ったカレーを差《さ》し出《だ》してくる。

けどお前《まえ》、最後《さいご》に二《に》、三回鍋《さんかいなべ》を混《ま》ぜただけじゃなかったか？

わざわざキャンプ場《じょう》まで連《つ》れてきたお手伝《てつだ》いさんが作《つく》ってたのを、ちゃんと見《み》てたぞ。

「いらねーよ」

「そんなこと言《い》わずに。おいしいよ」

「いらねーって言《い》ってるだろ！」

あんまりしつこいからついイラだって払《はら》いのけたけど、それがいけなかった。

払《はら》った手《て》はカレーの入《はい》った皿《さら》に当《あ》たって、地面《じめん》に落下《らっか》。

当然《とうぜん》、中《なか》に入《はい》っていたカレーはあたりにぶちまけられる。

ヤベエ、やりすぎたかも。

するとすぐに、お手伝《てつだ》いさんが飛《と》んでくる。

「すみません、すぐに片《かた》づけますね」

「あの……俺《おれ》も手伝《てつだ》います」

「いいえ、お気《き》づかいなく。白神家《しらかみけ》のお坊《ぼっ》ちゃまの手《て》をわずらわせるなんて、できませんもの」

同《おな》じ薄《うす》っぺらな笑《え》みを浮《う》かべてきて、それがしゃくにさわる。

白神家《しらかみけ》のお坊《ぼっ》ちゃま、か。それは俺《おれ》にとって、何《なに》よりも腹《はら》が立《た》つ言葉《ことば》だってのに。

そんな俺《おれ》の気持《きも》ちなんてお構《かま》いなしに、またも女子《じょし》が言《い》い寄《よ》ってくる。

「夕飯《ゆうはん》はまだあるから、あっちで食《た》べよう」

「行《い》かねー。ウザいから、話《はな》しかけてくるな」

「そんな……」

冷《つめ》たい言葉《ことば》で一蹴《いっしゅう》する。

どうせコイツも、俺《おれ》が白神家《しらかみけ》の子供《こども》だからチヤホヤしてるだけなんだろ。

おもしろくない。キャンプになんて、来《く》るんじゃなかった。

けどその時《とき》。

「ねえ君《きみ》、その言《い》い方《かた》はないんじゃない?」

突然聞《とつぜんき》こえてきた声《こえ》に振《ふ》り向《む》くと、そこにいたのは初《はじ》めて見《み》る、髪《かみ》をポニーテールにまとめた同《おな》い年《どし》くらいの女《おんな》の子《こ》。

たぶん、うちの学校《がっこう》の生徒《せいと》じゃないよな。

着《き》ているものが庶民的《しょみんてき》というか安《やす》っぽくて、うちの女子《じょし》がするような格好《かっこう》じゃない。

まあここは共有《きょうゆう》スペースだから、他《ほか》のキャンプ場利用者《じょうりようしゃ》がいてもおかしくはないけど。

するとその子《こ》は俺《おれ》に近《ちか》づいてきて、言《い》い放《はな》つ。

「断《ことわ》るにしたって、言《い》い方《かた》があるでしょう! それに、さっきカレー落《お》としたのも見《み》てたよ。ちゃんと謝《あやま》りなよ」

——っ！

頭《あたま》が真《ま》っ白《しろ》になる。

俺《おれ》、怒《おこ》られたのか？　こんな見《み》ず知《し》らずの女子《じょし》に？

あっけにとられていると、そばにいたうちの女子達《じょしたち》が声《こえ》を上《あ》げた。

「アナタ、なんてこと言《い》うの！」

「夜空《よぞら》くんに失礼《しつれい》な態度《たいど》。謝《あやま》りなさい！」

「彼《かれ》は白神家《しらかみけ》の夜空《よぞら》くんなのよ！　怒《おこ》らせたらどうなるかわかってるの⁉」

次々《つぎつぎ》に声《こえ》を上《あ》げてるけど、待《ま》て待《ま》て！　なんでお前《まえ》らがキレてるんだよ！

あーもう、見《み》てらんねー。気《き》がつけば俺《おれ》は、注意《ちゅうい》してきたポニーテールの子《こ》の手《て》を取《と》っていた。

「行《い》くぞ！」

「え？」

そこからはもう何《なに》も考《かんが》えず、その子《こ》と一緒《いっしょ》にギャーギャー言《い》う女子《じょし》から逃《に》げる。

そうしてしばらく走《はし》って振《ふ》り返《かえ》ったけど、女子達《じょしたち》が追《お》ってくる気配《けはい》はない。どうやらうまくまいたみたいだ。

「アイツらは来《き》てねーな。アンタ大丈夫《だいじょうぶ》か？」

「はぁ、はぁ……うん、ありがとう。それとゴメン。余計《よけい》なこと言《い》っちゃったみたい」

「いや。お前《まえ》の言《い》う通《とお》り、さっきのは言《い》いすぎだった」

まあ他人《たにん》のモメごとに首《くび》つっこんでくるコイツも、どうかと思《おも》うけど。

「それにしても、さっきの女《おんな》の子達《こたち》すごかったー。君人気《きみにんき》あるんだね。ビックリしちゃった」

「そうじゃねーよ。別《べつ》にアイツらは本当《ほんとう》に俺《おれ》のことを好《す》きなわけじゃないさ」

「え？」

アイツらは、白神家《しらかみけ》の俺《おれ》に寄《よ》ってきてるだけ。

だからもし俺《おれ》が普通《ふつう》の家《いえ》の子供《こども》だったら、きっと見向《みむ》きもしてないだろう。

そういうところが嫌《きら》いなんだ。

話《はな》していたらいきなり、ぐ〜っと腹《はら》の虫《むし》が鳴《な》った。

げ、ハズい。そういえば、夕飯《ゆうはん》食《た》べてなかったんだ。

「お腹《なか》すいてるの？　ちょっと待《ま》ってて」

「あ、おい」

ポニーテールの子《こ》はどこかに行《い》ったけど、すぐに皿《さら》に盛《も》られたカレーを持《も》って戻《もど》ってきた。

聞《き》けば彼女《かのじょ》も学校《がっこう》のキャンプに来《き》ていて、自分《じぶん》で作《つく》ったカレーをこっそり持《も》ってきてくれたそうだ。

「これ、本当《ほんとう》にお前《まえ》が作《つく》ったのか？　お手伝《てつだ》いさんに作《つく》らせたんじゃなくて」

「お手伝《てつだ》いさん？　そんなのいないよ。ちゃんと自分《じぶん》で作《つく》ったよ。隠《かく》し味《あじ》のチョコレートだって、私《わたし》が入《い》れたんだから」

たしかにコイツは見栄《みえ》を張《は》ったり、ウソを言《い》ったりするようなやつには見《み》えない。

隠《かく》し味《あじ》がチョコレートってのが気《き》になったけど、とりあえずひと口《くち》食《た》べてみる……ってなんだこれ、うまい。

どんどん食《た》べ進《すす》めて、あっという間《ま》に全部平《ぜんぶたい》らげた。

「ありがとな。悪《わる》かったな、巻《ま》き込《こ》んで」

「ううん、全然《ぜんぜん》。それより……」

彼女《かのじょ》は何《なに》か言《い》いかけたけど、その時《とき》ふいに声《こえ》が聞《き》こえてきた。

「おーい、ユキナちゃーんどこー？」

「あ、マコが呼《よ》んでる。ゴメン、もう行《い》かなきゃ」

彼女《かのじょ》は急《いそ》いで俺《おれ》が持《も》ってる、カレーの入《はい》ってた皿《さら》を受《う》け取《と》って行《い》こうとする。

コイツの名前《なまえ》、ユキナっていうのか？

するとユキナは行《い》く前《まえ》に、思《おも》い出《だ》したように言《い》ってくる。

「ねえ、さっき友達《ともだち》は自分《じぶん》のことを好《す》きなわけじゃないって言《い》ってたけど、そんなことないと思《おも》う。だって君《きみ》、優《やさ》しいもの」

「えっ？」

べつに優《やさ》しくなんかないのに。

無邪気《むじゃき》に笑《わら》うユキナを見《み》てると不思議《ふしぎ》と胸《むね》が高鳴《たかな》って、体中《からだじゅう》が信《しん》じられないくらい熱《あつ》くなった。

ユキナと会《あ》ったのはその一度《いちど》だけだったけど、忘《わす》れたことは一度《いちど》もなくて。

苦《くる》しい時《とき》やしんどい時《とき》は、あの時《とき》のユキナの笑顔《えがお》や言葉《ことば》が、支《ささ》えになってくれたんだ。

だけど、まさかユキナが母《かあ》さんの友達《ともだち》の娘《むすめ》で、うちに一緒《いっしょ》に住《す》むことになるなんてな……。

初《はじ》めて会《あ》ったときのことを思《おも》い出《だ》しながら前《まえ》を見《み》ると、幸奈《ゆきな》がベッドで穏《おだ》やかな寝息《ねいき》を立《た》てている。

本当《ほんとう》は幸奈《ゆきな》が初《はじ》めてうちに来《き》たあの日《ひ》、キャンプ場《じょう》で会《あ》ったユキナだって気《き》づいたのに、すっかり打《う》ち明《あ》けるタイミングを逃《のが》しちまった。

まっすぐなところは、昔《むかし》とちっとも変《か》わらない。そのせいでトラブルに巻《ま》き込《こ》まれることもあるけど、そこがコイツのいいところ。

幸奈《ゆきな》はあの時《とき》のことなんて、覚《おぼ》えていないかもしれないけど……。

「覚《おぼ》えてなくてもいい。けどもう少《すこ》し、甘《あま》えてくれよな」

俺《おれ》は寝《ね》ている幸奈《ゆきな》の頬《ほお》を、そっとなでた。

夜空《よぞら》くんの看病《かんびょう》

目《め》を覚《さ》ますと、そこはベッドの上《うえ》。

そうか。体育《たいいく》の授業《じゅぎょう》の途中《とちゅう》で、保健室《ほけんしつ》に運《はこ》ばれたんだっけ……って、違《ちが》う！

よく見《み》たらそこは保健室《ほけんしつ》じゃなくて。

白神家《しらかみけ》の自分《じぶん》の部屋《へや》のベッドで、パジャマ姿《すがた》で寝《ね》ていたの。

ああ、だんだん思《おも》い出《だ》してきた。たしか保健室《ほけんしつ》に運《はこ》ばれた後《あと》、熱《ねつ》があるから早退《そうたい》することになって……そうだ、夜空《よぞら》くんが付《つ》きそってくれたんだ。

どうしよう、また夜空《よぞら》くんに迷惑《めいわく》かけちゃったよ。

すると部屋《へや》のドアが、コンコンとノックされた。

「は、はい！」

「起《お》きてる？　中《なか》、入《はい》ってもいいか？」

「ど、どうぞ」

聞《き》こえてきた声《こえ》に反射的《はんしゃてき》に答《こた》えると、ガチャリとドアが開《あ》いて夜空《よぞら》くんが入《はい》ってきた。

「気分《きぶん》は悪《わる》くないか？」

「うん、平気《へいき》」

ひと眠《ねむ》りして汗《あせ》をかいたおかげか、体調《たいちょう》はだいぶ楽《らく》になって……はっ！

よく考《かんが》えたら私《わたし》、パジャマ姿《すがた》だし汗《あせ》かいてるし、頭《あたま》ボサボサ！

こんなみっともない格好《かっこう》を夜空《よぞら》くんに見《み》られたと思《おも》うと恥《は》ずかしくて、布団《ふとん》をかぶって顔《かお》をかくした。

「どうした？」

「えっと、あの……ごめん、こんな格好《かっこう》で」

「なんだ、そんなことか。別《べつ》に気《き》にしなくていいだろ……」

そっぽを向《む》きながら言《い》う夜空《よぞら》くん。

あれ？　心《こころ》なしか、顔《かお》が赤《あか》いような……。

「とにかく、今《いま》は寝《ね》てろ。あと食欲《しょくよく》ないかもしれないけど、スポドリは飲《の》めるか？」

「うん、それくらいなら。それよりごめん。夜空《よぞら》くんまで早退《そうたい》させちゃって。あと、学校《がっこう》でも迷惑《めいわく》かけて……」

さっきの益田《ますだ》さんとのことを思《おも》い出《だ》すと、まだちょっと怖《こわ》い。

けど、夜空《よぞら》くんは言《い》ってくる。

「だから、あれは俺《おれ》や朝陽《あさひ》のせい。……ほんとゴメンな、巻《ま》き込《こ》んで。くそ、こうならないよう一緒《いっしょ》に住《す》んでるのは秘密《ひみつ》にしてたってのに、結局《けっきょく》これか」

「え？　ひょっとして、私《わたし》が女子《じょし》の反感《はんかん》を買《か》わないために、黙《だま》っておくよう言《い》ってたの？」

「他《ほか》に何《なに》がある？」

何《なに》がって、そりゃあもっとたくさんあると思《おも》うけど。

「私《わたし》なんかと住《す》んでるって知《し》られるのが、嫌《いや》だったんじゃ？」

「なんでそうなる？　幸奈《ゆきな》がうちに来《き》て嫌《いや》だなんて思《おも》ったことはない。それに信頼《しんらい》できるやつになら、話《はな》しても構《かま》わないからな」

照《て》れたように言《い》う夜空《よぞら》くんは、なんだかいつもと雰囲気《ふんいき》が違《ちが》う。

「とにかく、**また何《なに》かあったらすぐに俺《おれ》に言《い》え。**それに幸奈《ゆきな》のクラスには朝陽《あさひ》もいるし……いや待《ま》て、**やっぱり相談《そうだん》するなら、俺《おれ》にしとけ。**いいか？」

「う、うん。ありがとう」

ツンツンした態度《たいど》でわかりにくかったけど、本当《ほんとう》は夜空《よぞら》くん、すごく優《やさ》しいんじゃ？

彼《かれ》を見《み》ていると、だんだんと顔《かお》が熱《あつ》くなってくる。

あ、あれ？　もしかして、まだ熱《ねつ》が下《さ》がってないのかな？

「もう少《すこ》し眠《ねむ》るね。夜《よる》までには治《なお》すから」

「そんなに焦《あせ》って治《なお》そうとしなくてもいいから、ゆっくり休《やす》めよ」

夜空《よぞら》くんはそう言《い》って部屋《へや》を出《で》ていき、残《のこ》された私《わたし》は再《ふたた》びベッドにもぐり込《こ》む。

けど、さっきの夜空《よぞら》くんの照《て》れくさそうな顔《かお》や優《やさ》しい言葉《ことば》が、頭《あたま》から離《はな》れない。

体調《たいちょう》がよくなったら、夜空《よぞら》くんのことをもっと知《し》りたいよ。

そんなことを思《おも》いながら、布団《ふとん》の中《なか》で高鳴《たかな》る胸《むね》を押《お》さえた。

夜空《よぞら》と朝陽《あさひ》【夜空《よぞら》side《サイド》】

幸奈《ゆきな》の部屋《へや》を出《で》ると、朝陽《あさひ》が帰《かえ》ってきた。

「どう、幸奈《ゆきな》ちゃんの様子《ようす》は？」

「今《いま》は寝《ね》てる。そっちはどうだ？　あの益田《ますだ》とかいうやつはどうなった？」

「そっちは大丈夫《だいじょうぶ》。幸奈《ゆきな》ちゃんに手《て》を出《だ》したらどうなるか、しっかり教《おし》えておいたよ」

そう言《い》って、黒《くろ》い笑《え》みを浮《う》かべる。

コイツのこういう顔《かお》、久《ひさ》しぶりに見《み》た。

普段女子《ふだんじょし》から〝王子様《おうじさま》〟だなんて言《い》われている朝陽《あさひ》だけど、怒《おこ》らせると容赦《ようしゃ》ないってことを、俺《おれ》はよく知《し》っている。

「それにしても。夜空《よぞら》がこんなに女《おんな》の子《こ》のことを気《き》にするなんてね。そんなに幸奈《ゆきな》ちゃんのことが大事《だいじ》？」

「……どうでもいいだろ。一緒《いっしょ》に住《す》んでるんだ。気《き》にするのは普通《ふつう》じゃないか？」

なんて返事《へんじ》をしたけど。

朝陽《あさひ》の言《い》う通《とお》り、一緒《いっしょ》に住《す》んでるってだけじゃ、きっとこんなふうに構《かま》ったりはしなかった。

朝陽《あさひ》と協力《きょうりょく》することも、なかっただろう。

俺《おれ》たちふたごは今《いま》まで、本当《ほんとう》に必要《ひつよう》なこと以外《いがい》、お互《たが》いあまり干渉《かんしょう》してこなかった。

片方《かたほう》に何《なに》があろうと、どこ吹《ふ》く風《かぜ》。仲《なか》が悪《わる》いわけじゃないけど、一緒《いっしょ》に何《なに》かすることもない。

だけど今回《こんかい》の件《けん》では、めずらしくその関係性《かんけいせい》が崩《くず》れた。幸奈《ゆきな》がクラスの女子《じょし》に絡《から》まれて、俺《おれ》が動《うご》いたとき。

おそらく普段《ふだん》の朝陽《あさひ》なら、「夜空《よぞら》が行《い》くなら僕《ぼく》はいいか」くらいに思《おも》ったんじゃないか。

だけど実際《じっさい》は、一緒《いっしょ》になって幸奈《ゆきな》を助《たす》けた。

朝陽《あさひ》は朝陽《あさひ》で、幸奈《ゆきな》のことを気《き》にかけているのかもな。

「幸奈《ゆきな》ちゃんのことは、母《かあ》さんに連絡《れんらく》しておいたから。看病《かんびょう》は、母《かあ》さんに任《まか》せた方《ほう》がいい。男《おとこ》に弱《よわ》って寝《ね》ているところなんて、見《み》られたくないだろうからね」

そういうものなのか？

朝陽《あさひ》は自分《じぶん》の部屋《へや》に引《ひ》っ込《こ》んでいく。

相変《あいか》わらず、何考《なにかんが》えてるかわからないやつだ。

それからしばらくして今度《こんど》は、学校《がっこう》から帰《かえ》ってきた兄貴《あにき》が、部屋《へや》に入《はい》ってきた。

「ただいま。夜空《よぞら》、幸奈《ゆきな》ちゃんが体調崩《たいちょうくず》して一緒《いっしょ》に早退《そうたい》したって聞《き》いたけど、大丈夫《だいじょうぶ》なのか？」

「げ、兄貴《あにき》も知《し》ってるのかよ」

「学校《がっこう》でお前達《まえたち》が何《なに》かやったら、すぐにウワサになるからな。で、ちゃんと休《やす》ませてる？」

「今《いま》は寝《ね》てるよ。心配《しんぱい》なら、もう少《すこ》し早《はや》く帰《かえ》ってこいよな」

「しょうがないだろ、生徒会《せいとかい》の集《あつ》まりがあったんだから」

兄貴《あにき》はそう言《い》ったけど、きっと俺《おれ》だったら、生徒会《せいとかい》なんてすっぽかして帰《かえ》ってきただろうな。

「それとな夜空《よぞら》。幸奈《ゆきな》ちゃんのことが心配《しんぱい》なら、もう少《すこ》し優《やさ》しくしてやったらどうだ？」

「は？　どういうことだよ？　俺《おれ》は普通《ふつう》にしてるだけだ」

「それが問題《もんだい》だって言《い》ってるんだ。お前《まえ》は基本《きほん》、女子《じょし》に対《たい》しては無愛想《ぶあいそ》で仏頂面《ぶっちょうづら》。別《べつ》に無理《むり》に愛想振《あいそふ》りまけとは言《い》わないけど、幸奈《ゆきな》ちゃんはうちで暮《く》らしてるんだ。なのにぶっきらぼうな態度《たいど》だと、気《き》をつかうだろ」

「そんなわけ……」

ない……とは言《い》い切《き》れないか。

幸奈《ゆきな》に嫌《いや》な思《おも》いはさせたくないけど、女子《じょし》には長年壁作《ながねんかべつく》ってきたから、どう接《せっ》すればいいかわからない。

「夜空《よぞら》なりに幸奈《ゆきな》ちゃんのことを気《き》にかけてるって、俺《おれ》はわかる。けどそれならそれで、もう少《すこ》しわかりやすい態度《たいど》を取《と》った方《ほう》がいい。でないと、嫌《きら》われてるって誤解《ごかい》されかねないからな」

「はぁ？　俺《おれ》がアイツを嫌《きら》うわけ……」

そんなことは絶対《ぜったい》にない。けど、兄貴《あにき》の言《い》うことも一理《いちり》あるか。

「もっと笑顔《えがお》で話《はな》すとか、どこかに遊《あそ》びに誘《さそ》うとか……って、夜空《よぞら》じゃ無理《むり》か」

兄貴《あにき》は残念《ざんねん》そうに俺《おれ》を見《み》たけど、幸奈《ゆきな》を遊《あそ》びに誘《さそ》う？

たしかに女子《じょし》と一緒《いっしょ》に出《で》かけたことなんてないけど。無理《むり》かどうかなんて、やってみないとわからないだろ。

「まあどのみち、幸奈《ゆきな》ちゃんは今体調悪《いまたいちょうわる》いし。もうすぐテストもあるから現実的《げんじつてき》じゃないか。とにかくまずは、態度《たいど》をやわらかくするよう意識《いしき》しとけよ」

「ああ、そうする……」

素直《すなお》にうなずくのはしゃくだったけど、幸奈《ゆきな》が笑《わら》ってくれるならやってみようと、心《こころ》に決《き》めた。

みんなでゲーム

私《わたし》がたおれたのが金曜日《きんようび》で、それから土日《どにち》をはさんで月曜日《げつようび》にテスト。

かなりのハードスケジュールだったけど、幸《さいわ》い熱《ねつ》はわりとすぐに引《ひ》いた。

そしてもう一《ひと》つの心配事《しんぱいごと》だった女子《じょし》からの嫌《いや》がらせも、登校《とうこう》したらピタリと止《や》んでいた。

そのかわりクラスの女子《じょし》が遠巻《とおま》きに私《わたし》を見《み》ながら、どこか怖《こわ》がるような反応《はんのう》をしていたけど、これには真子《まこ》が。

「当《あ》たり前《まえ》だよ。この前幸奈《まえゆきな》がお姫様抱《ひめさまだ》っこされて保健室《ほけんしつ》に行《い》った後《あと》、朝陽《あさひ》くんがあんな事《こと》を……ああー、ダメ。これ以上《いじょう》は言《い》えない！」

お姫様抱《ひめさまだ》っこという言葉《ことば》で、あの時《とき》の記憶《きおく》がよみがえって顔《かお》がボンッて赤《あか》くなる。

それに朝陽《あさひ》くん。

たぶん彼《かれ》が益田《ますだ》さんたちに何《なに》か言《い》ってくれたんだろうけど、いったい何《なに》をしたんだろう？

気《き》になるけど、詳《くわ》しくは聞《き》かない方《ほう》がいいのかも。

その後《ご》、テストも無事《ぶじ》終了《しゅうりょう》。

病《や》み上《あ》がりで大変《たいへん》だったけど、なんとかなったと思《おも》う。

それから白神家《しらかみけ》に帰宅《きたく》してリビングに行《い》くと、夕也《ゆうや》くんが先《さき》に帰《かえ》ってきていた。

「あ、幸奈《ゆきな》おかえり」

「夕也《ゆうや》くん、テストはどうだった？」

「バッチリ、幸奈《ゆきな》が勉強教《べんきょうおし》えてくれたおかげで、今《いま》までで一番手応《いちばんてごた》えあるかも」

ニカッと笑《わら》ってみせる夕也《ゆうや》くん。よかった、この様子《ようす》なら大丈夫《だいじょうぶ》そう。

「幸奈《ゆきな》はどう？　大丈夫《だいじょうぶ》だった？」

「うん、ちゃんと全部《ぜんぶ》できたよ」

「ならいいけど……あ、そうだ」

夕也《ゆうや》くんはテレビに向《む》かうと、そばに置《お》いてあったゲームのコントローラーを手《て》に取《と》る。

テレビにはゲーム機《き》がつながれているんだけど、今《いま》まではテスト前《まえ》だったからか、遊《あそ》んでるのを見《み》たことがなかった。

「ねえ、幸奈《ゆきな》はゲーム得意《とくい》？」

「私《わたし》？　あんまりやったことないけど」

「ちょっと相手《あいて》してよ。ボクが遊《あそ》び方教《かたおし》えるから」

なら、やってみようかな。

夕也《ゆうや》くんが用意《ようい》したのは、私《わたし》でも知《し》ってるキャラクターが車《くるま》に乗《の》ってゴールを目指《めざ》す、有名《ゆうめい》なレースゲーム。

しばらく遊《あそ》び方《かた》を教《おそ》わっていると、晴翔《はると》くんと朝陽《あさひ》くんも帰《かえ》ってきた。

「お、テストが終《お》わったら早速《さっそく》ゲームか。って、幸奈《ゆきな》ちゃんも？」

「はい。今動《いまうご》かし方《かた》を教《おし》えてもらっています」

「ゲームか。久《ひさ》しぶりに僕《ぼく》もやってみようかな」

そんなこんなで二人《ふたり》も加《くわ》わって、四人《よにん》でゲーム開始《かいし》。

なんとなく夕也《ゆうや》くんが一番上手《いちばんじょうず》なのかな〜って思《おも》ってたけど、意外《いがい》と晴翔《はると》くんや朝陽《あさひ》くんも負《ま》けていなかった。

「朝陽兄《あさひにい》、そこでそのアイテムはズルいだろ」

「なに言《い》ってるの。使《つか》えるもの使《つか》っただけさ」

「二人《ふたり》がケンカしてる間《あいだ》に、俺《おれ》が先《さき》に行《い》かせてもらうぞ」

デッドヒートをくり広《ひろ》げる三人《さんにん》。そして私《わたし》は、その後《あと》をゆっくりついていく。

別《べっ》に下手《へた》だから遅《おく》れてるわけじゃないよ。安全運転《あんぜんうんてん》をしてるだけ。

けどレースも終盤《しゅうばん》にさしかかったころ、三人《さんにん》の車《くるま》がぶつかってコースアウト。

そしてその横《よこ》を、安全運転《あんぜんうんてん》を続《つづ》けていた私《わたし》が追《お》い抜《ぬ》いちゃった。

あれ、これって勝《か》ったの？

「えーと、ごめん。勝《か》っちゃった」

「これは、番狂《ばんくる》わせだったね。勝利《しょうり》の鍵《かぎ》は安全運転《あんぜんうんてん》か」

「もう一回《いっかい》。もう一回勝負《いっかいしょうぶ》だ！　今度《こんど》は負《ま》けないよ！」

うん、望《のぞ》むところだよ！　ゲームってやってみると、案外楽《あんがいたの》しい。

それにこの兄弟《きょうだい》が一緒《いっしょ》になって遊《あそ》んでるのって、私《わたし》が家《いえ》に来《き》てから初《はじ》めてじゃないかなぁ。

こんなふうにみんなで何《なに》かするのって、いいよね。

あとは夜空《よぞら》くんがいてくれたら完璧《かんぺき》なんだけど……。

「ただいま……って、お前《まえ》ら何《なに》やってるんだ？」

あ、その夜空《よぞら》くんが帰《かえ》ってきた。

みんなでゲームをしていることに、おどろいてるみたい。

「幸奈《ゆきな》もやってるのか？」

「うん、まだ操作《そうさ》に慣《な》れてないけど」

「さっきは勝《か》っといて、よく言《い》うよ。そうだ、どうせやるなら、ルールを作《つく》らない？　たとえば一位《いちい》になった人《ひと》が、誰《だれ》かになんでも命令《めいれい》できる権利《けんり》をもらえるとか」

どんな命令《めいれい》が来《く》るかはわからないけど、その方《ほう》が緊張感《きんちょうかん》が出《で》るかも。

「夕也《ゆうや》、お前《まえ》そんなこと言《い》って、さては誰《だれ》かに掃除当番《そうじとうばん》を押《お》しつけるつもりだろ」

「なら、晴翔兄《はるとにい》はやめとく？」

「いや、勝《か》てばいい話《はなし》だからな。あとその命令《めいれい》ルール、自分《じぶん》に返《かえ》ってくることも忘《わす》れるなよ。もし負《ま》けてムチャな命令《めいれい》されても、恨《うら》みっこなしだからな」

「ゲッ！」

晴翔《はると》くん、いったいどんな命令《めいれい》をする気《き》なんだろう？

すると夜空《よぞら》くんが。

「**勝《か》ったらなんでも命令《めいれい》できる……**」

あれ？　夜空《よぞら》くん、どうしてジッとこっちを見《み》てるんだろう？

するとおもむろに、私《わたし》の横《よこ》に腰《こし》を下《お》ろした。

「やるぞ」

「え、夜空《よぞら》くんも参加《さんか》するの？」

「悪《わる》いか？」

「ううん、そんなことないよ」

むしろ一緒《いっしょ》に遊《あそ》べて嬉《うれ》しい。けどこのタイミングで参加《さんか》を決《き》めたってことは、もしかしたら何《なに》かやってほしいことがあるのかも？

でも、夜空《よぞら》くんのやってほしいことってなんだろう？　うーん、謎《なぞ》だ～。

「めずらしいね、夜空《よぞら》が乗《の》ってくるなんて。ひょっとしてお目当《めあ》ては……」

「余計《よけい》なことは言《い》うな朝陽《あさひ》。今回《こんかい》だけは絶対《ぜったい》に負《ま》けねー」

なんだろう。朝陽《あさひ》くんと夜空《よぞら》くんの間《あいだ》に、火花《ひばな》が見《み》えたような。

とにかく、夜空《よぞら》くんも加《くわ》わって、五人《ごにん》でスタート。

勝《か》った人《ひと》が命令《めいれい》できる権利《けんり》をかけての勝負《しょうぶ》だったけど、結果《けっか》は……。

「まさかまた幸奈《ゆきな》ちゃんとはね」

「安全運転《あんぜんうんてん》強《つよ》し。ひょっとして、ゲームの才能《さいのう》あるんじゃないの？」

そう。さっきに続《つづ》いて、また私《わたし》が勝《か》っちゃったの。

ビギナーズラックって言《い》うのかな。ミスをしないよう気《き》をつけて走《はし》っていただけなのに、終盤《しゅうばん》で逆転優勝《ぎゃくてんゆうしょう》しちゃった。

ただ、気《き》になるのは隣《となり》で悔《くや》しそうにしている夜空《よぞら》くん。

よっぽど勝《か》ちたかったのかな？

「幸奈《ゆきな》ちゃんおめでとう。さあ、なんでも命令《めいれい》していいよ」

あ、そうだった。私《わたし》が勝《か》ったってことは、私《わたし》が命令《めいれい》していいんだ。

けどどうしよう？　何《なに》も考《かんが》えてなかったよ。

正直《しょうじき》命令《めいれい》したいことなんてないし……あ、そうだ！

「ええと、じゃあ夜空《よぞら》くん」

「俺《おれ》か？　なんでも言《い》っていいぞ」

「だったら……夜空《よぞら》くんがしようとしてた命令《めいれい》を、私《わたし》にしてくれない？」

「……は？」

予想外《よそうがい》だったのか、目《め》を丸《まる》くする夜空《よぞら》くん。

ううん、夜空《よぞら》くんだけじゃない。みんなビックリしてる。

「幸奈《ゆきな》ちゃん本気《ほんき》？　遠慮《えんりょ》しなくていいんだよ」

「そうだよ。なんなら夜空《よぞら》に、一切《いっさい》の家事《かじ》を押《お》しつけても構《かま》わないんだから」

晴翔《はると》くんが冗談《じょうだん》か本気《ほんき》かわからないことを言《い》うけど、そんなことしたら罪悪感《ざいあくかん》で胸《むね》が痛《いた》くなりそう。

「本当《ほんとう》にこれが、私《わたし》のしてほしいことなの。夜空《よぞら》くんには、この前たおれた時《とき》に助《たす》けてもらったし。あ、もちろん朝陽《あさひ》くんにもお世話《せわ》になったけど……」

「僕《ぼく》のことは気《き》にしなくていいよ。けど、お礼《れい》に命令権《めいれいけん》をゆずるなんてねぇ。幸奈《ゆきな》ちゃんらしいというか。で、夜空《よぞら》はどうするの？」

「……それなら遠慮《えんりょ》なく使《つか》わせてもらうけど、本当《ほんとう》にいいんだな？」

もちろん。

「私《わたし》でできることならいいんだけど」

「幸奈《ゆきな》にしかできないことだ……今度《こんど》の休《やす》み、俺《おれ》に付《つ》き合《あ》ってくれないか。幸奈《ゆきな》と一緒《いっしょ》に出《で》かけたい」

「うん、わかっ……へ？」

ついうなずいちゃったけど。

え、命令《めいれい》って本当《ほんとう》にそれ？

「待《ま》って。それってつまり、幸奈《ゆきな》をデートに誘《さそ》うってこと？　夜空兄《よぞらにい》が？」

え、デート？

ドキンと心臓《しんぞう》がはね上《あ》がったけど、違《ちが》うよね。

きっとお買《か》い物《もの》に付《つ》き合《あ》ってほしいとかそういう……あれ、ひょっとしてそれも、デートに入《はい》る？

でも夜空《よぞら》くん、女子苦手《じょしにがて》だし……。

「まさか夜空《よぞら》がね。これは意外《いがい》だ」

「そう？　僕《ぼく》はなんとなく、こうなる気《き》はしてたよ。……あんまり喜《よろこ》べないけどね」

なんだろう？

晴翔《はると》くんはおどろいて、朝陽《あさひ》くんはおもしろくなさそうな顔《かお》をしてる。

夜空《よぞら》くんは私《わたし》の返事《へんじ》を待《ま》っているけど、こんな命令《めいれい》なら、お安《やす》い御用《ごよう》だよ。

「それじゃあ、今度《こんど》のお休《やす》みはよろしくね」

「――っ！　ああ！」

返事《へんじ》をする夜空《よぞら》くんはとても嬉《うれ》しそうで、胸《むね》の奥《おく》をくすぐられた気《き》がした。

水族館《すいぞくかん》デート

夜空《よぞら》くんとお出《で》かけすることになって。

どこに行《い》くつもりなのか聞《き》いてみたんだけど、そしたらなぜか逆《ぎゃく》に。

「幸奈《ゆきな》はどこに行《い》きたい？」

って聞《き》かれちゃった。

さらに、誰《だれ》かから話《はなし》を聞《き》いた虹華《にじか》さんが。

「幸奈《ゆきな》ちゃん、夜空《よぞら》とお出《で》かけするの!?　それなら任《まか》せて、とびきりかわいいお洋服《ようふく》を用意《ようい》してあげるから！」

って、なぜか大張《おおは》り切《き》り。

当日《とうじつ》の朝《あさ》、私《わたし》は虹華《にじか》さんが用意《ようい》してくれたフリルのついた白《しろ》くてかわいいブラウスに、水色《みずいろ》のスカートに着替《きが》えた。

「思《おも》った通《とお》り、幸奈《ゆきな》ちゃん素敵《すてき》よ」

「ありがとうございます。けどいいんですか？　こんなかわいい服借《ふくか》りちゃっても？」

「なに言《い》ってるの。貸《か》すんじゃなくて、プレゼントよ。幸奈《ゆきな》ちゃんホントかわいい！」

虹華《にじか》さんは嬉《うれ》しそうに抱《だ》きついてくる。

こんな高《たか》そうな服《ふく》、本当《ほんとう》にもらっていいの？

それからちょっとしたメイクまでしてくれて、いよいよ夜空《よぞら》くんとの待《ま》ち合《あ》わせの時間《じかん》が迫《せま》る。

同《おな》じ家《いえ》に住《す》んでるんだから、一緒《いっしょ》に出《で》かければいいのに。なぜか駅《えき》で待《ま》ち合《あ》わせになってるんだよね。

「それじゃあ、いってきます。お洋服《ようふく》、ありがとうございます」

「いってらっしゃい。夜空《よぞら》のことよろしくね～」

そんなわけで、家《いえ》を出《で》て駅《えき》についたけど。夜空《よぞら》くんどこかなぁ……。

「君一人《きみひとり》？　ちょっといいかな」

「え？」

ふいに声《こえ》をかけられて振《ふ》り向《む》くと、髪《かみ》を金色《きんいろ》に染《そ》めた、私《わたし》より少《すこ》し年上《としうえ》くらいの知《し》らない男《おとこ》の人《ひと》がいた。

「君《きみ》、この辺《へん》の人《ひと》？　ドラネコっていうカラオケ屋《や》を探《さが》してるんだけど、知《し》らない？」

「ああ、それでしたらこの大通《おおどお》りを進《すす》んで……」

幸《さいわ》い、私《わたし》でも知《し》ってたお店《みせ》だから説明《せつめい》したんだけど。

「うーん、よくわからないなあ。悪《わる》いけど、案内《あんない》してよ」

「えっ？　待《ま》ってください。私《わたし》これから……」

「いいからいいから。店《みせ》についたら、なんかおごるよ」

手《て》をつかまれて強引《ごういん》に引《ひ》っぱられ、会話《かいわ》も成立《せいりつ》してない。

というか、男《おとこ》の人《ひと》にいきなり手《て》をつかまれるなんて、怖《こわ》いんだけど。

けどその時《とき》……。

「離《はな》してもらえませんか。彼女《かのじょ》、俺《おれ》の連《つ》れなんで」

割《わ》って入《はい》ってきたのは……夜空《よぞら》くん!?

夜空《よぞら》くんは男性《だんせい》から私《わたし》を引《ひ》きはがすと、守《まも》るように背中《せなか》に隠《かく》す。

「なんだ、この子《こ》の彼氏《かれし》？」

「そうですけど何《なに》か？」

堂々《どうどう》と言《い》い放《はな》つ夜空《よぞら》くんだったけど……か、彼氏《かれし》って!?

相手《あいて》を追《お》い払《はら》うためのウソなのはわかるけど、それでもドキドキが込《こ》み上《あ》げてくる。

男性《だんせい》は残念《ざんねん》そうに、「彼氏持《かれしも》ちならそう言《い》えよな」って言《い》って去《さ》っていき、後《あと》には私《わたし》と夜空《よぞら》くんが残《のこ》された。

「大丈夫《だいじょうぶ》か？　変《へん》なことされなかったか？」

「うん、平気《へいき》。でも今《いま》の人《ひと》、いったいなんだったんだろう？」

「なにってそりゃあ……ナンパだろ」
ナ、ナンパって。あれがそうだったの⁉
自分《じぶん》には縁《えん》のない話《はなし》だって思《おも》っていたのに。

「ナンパなんて、本当《ほんとう》にあるんだね」

「幸奈《ゆきな》なら……あるだろ。声《こえ》をかけたアイツの気持《きも》ちも、ちょっとはわかる」

「え、どういうこと？」

「……そんなかわいい格好《かっこう》してたら、声《こえ》くらいかけたくなるだろ」

照《て》れているのか、頬《ほお》を赤《あか》らめる夜空《よぞら》くんだったけど、私《わたし》も顔《かお》がボンッて爆発《ばくはつ》したみたいに熱《あつ》くなる。

よ、夜空《よぞら》くんの口《くち》から、信《しん》じられない言葉《ことば》が！

か、かわいいってのは、服《ふく》のことだよね。さ、さすが虹華《にじか》さんが選《えら》んでくれただけはあるよ。

「そ、そうだ。そういえば、今日《きょう》はどこに行《い》くの？」

「水族館《すいぞくかん》。電車《でんしゃ》で少《すこ》し行《い》ったところにある」

それはまた、ずいぶん意外《いがい》なところだ。

「ひょっとして夜空《よぞら》くん、お魚《さかな》好《す》きなの？」

「そういうわけじゃないけど……幸奈《ゆきな》は、水族館《すいぞくかん》嫌《きら》いか？」

「ううん。昔《むかし》お父《とう》さんとお母《かあ》さんがいた頃《ころ》に家族《かぞく》で行《い》ったことあるけど、すごく楽《たの》しかったもん！」

「そうか、ならよかった。幸奈《ゆきな》が楽《たの》しめないんじゃ、行《い》く意味《いみ》ないからな」

ホッとしたみたいに言《い》ったけど、ちょっと待《ま》って。

夜空《よぞら》くんが行《い》きたいんじゃなかったの？

「あの。ひょっとして今日《きょう》は、私《わたし》のために計画《けいかく》立《た》ててくれたってこと？」

「まあ……。こっちに来《く》る前《まえ》から、大変《たいへん》なことばっかりだっただろ。少《すこ》しは息抜《いきぬ》きできればって思《おも》ったんだけど……余計《よけい》なお世話《せわ》だったか？」

「ううん、そんなことないよ！」

ブンブンと首《くび》を横《よこ》に振《ふ》ったけど、まさかそんな理由《りゆう》だったなんて。

しかも行《い》き先《さき》が水族館《すいぞくかん》って、これじゃあ本当《ほんとう》にデートみたい……って、夜空《よぞら》くんは親切《しんせつ》心《しん》で誘《さそ》ってくれただけ。

そんな図々《ずうずう》しいこと思《おも》っちゃ、失礼《しつれい》だよね。

そんなことを考《かんが》えていると、夜空《よぞら》くんが手《て》を握《にぎ》ってきた。

「ふえ？　あの、手《て》が……」

「はぐれないようにだ。それにこうしてないと、またさっきみたいに変《へん》なのがよってくるかもしれないだろ。嫌《いや》ならやめておくけど」

「ううん、嫌《いや》じゃない」

さっき男性《だんせい》に腕《うで》をつかまれた時《とき》は怖《こわ》いって思《おも》ったのに、夜空《よぞら》くんの手《て》からは安心《あんしん》できる温《あたた》かさが伝《つた》わってくる。


それから電車《でんしゃ》に乗《の》って、水族館《すいぞくかん》に到着《とうちゃく》。

最初《さいしょ》は、三匹《さんびき》のカワウソの親子《おやこ》のいるコーナーに行《い》ってみた。

「か、かわいい！」

ガラスで仕切《しき》られた部屋《へや》の中《なか》にいるカワウソくんたち。

家族《かぞく》で仲《なか》よくくっついて、お昼寝《ひるね》してる。

「かわいい〜。あっちがお父《とう》さんでこっちがお母《かあ》さんかな？　あ、今頭動《いまあたまうご》かした〜」

愛《あい》らしいカワウソにすっかり夢中《むちゅう》。

次《つぎ》に大《おお》きな水槽《すいそう》のあるコーナーに移動《いどう》した。中《なか》にはたくさんの種類《しゅるい》の魚《さかな》が泳《およ》いでる。

あ、丸《まる》い魚《さかな》がいると思《おも》ったら、ハリセンボンだ。それにすっごく大《おお》きなジンベエザメもいて、大迫力《だいはくりょく》。

ワクワクしながら水槽《すいそう》を見《み》ていると、夜空《よぞら》くんがこっちを見《み》てることに気《き》がついた。

「ごめん、私《わたし》だけはしゃいじゃって」

「謝《あやま》ることじゃないだろ。もともと喜《よろこ》んでもらうために連《つ》れてきたんだし。それに、俺《おれ》だって楽《たの》しいよ」

「そう？　それじゃ夜空《よぞら》くんは、どのお魚《さかな》が好《す》き？」

「……マンボウ。って、笑《わら》うなよな」

怒《おこ》られちゃったけど、まさかマンボウなんて答《こた》えが返《かえ》ってくるなんて、思《おも》わなかったんだもん。

けどプカプカ泳《およ》ぐマンボウ、かわいいよね。

それからカメとかクラゲとか、いろいろ見《み》て回《まわ》ったけど、どれもすごく楽《たの》しめて。

最後《さいご》に立《た》ち寄《よ》ったお土産品《みやげひん》のコーナーでは、海《うみ》の生《い》き物《もの》のぬいぐるみを眺《なが》めた。

「見《み》て見《み》て、マンボウのぬいぐるみもあるよ。すごく大《おお》きい」

抱《だ》きまくらにも使《つか》えそうな、ジャンボサイズのマンボウのぬいぐるみ。だけど値段《ねだん》の方《ほう》もジャンボサイズで、ちょっと手《て》が出《で》ないなあ……。

「それ、欲《ほ》しいのか？」

「ううん、そういうわけじゃないんだけど、夜空《よぞら》くんマンボウ好《す》きって言《い》ってたから」

「俺《おれ》かよ。それより、幸奈《ゆきな》は欲《ほ》しいぬいぐるみとかない？」

「私《わたし》は、やっぱりカワウソかなあ」

カワウソの親子《おやこ》が、やっぱり印象的《いんしょうてき》だった。

家族一緒《かぞくいっしょ》にいられて、仲《なか》がよさそうで。お父《とう》さんとお母《かあ》さんのことを、思《おも》い出《だ》しちゃったなぁ……。

カワウソのぬいぐるみもあったけど、こっちもそこそこの値段《ねだん》だ。

残念《ざんねん》だけど、買《か》うのはやめておこう……って思《おも》ったんだけど。

「よし、これだな」

夜空《よぞら》くんはカワウソのぬいぐるみを手《て》に取《と》ると、そのままレジに持《も》っていこうとする。

「待《ま》って。もしかして、私《わたし》のために買《か》おうとしてる？」

「そのつもりだけど」

「そんな、悪《わる》いよ。連《つ》れてきてもらっただけでもじゅうぶんなのに。というか、ホントどうしたの？　今日《きょう》の夜空《よぞら》くん、いつもと違《ちが》うというか……」

本当《ほんとう》はもともと優《やさ》しかったのかもしれないけど、今日《きょう》の夜空《よぞら》くんは特《とく》に。

すると彼《かれ》は、なぜかバツの悪《わる》そうな顔《かお》をしてくる。

「今《いま》までの詫《わ》びみたいなものだよ。幸奈《ゆきな》がうちに来《き》たばかりの頃《ころ》、俺態度悪《おれたいどわる》かっただろ」

「え、そんなこと……」

たしかにちょっとツンツンしてて、うまくやっていけるか心配《しんぱい》だったけど……。

「ぜんぜん平気《へいき》だよ。夜空《よぞら》くんの気持《きも》ちはちゃんと伝《つた》わってるから、気《き》をつかわないで」

素直《すなお》な気持《きも》ちを伝《つた》えると、夜空《よぞら》くんは安心《あんしん》したみたいに、フッと笑《わら》った。

「ありがと。とりあえず、コイツは買《か》う」

手《て》にしていたカワウソのぬいぐるみを揺《ゆ》らす。

「コイツだって、幸奈《ゆきな》にかわいがってもらえるのを喜《よろこ》んでるぞ」

言《い》いながらカワウソのつぶらな瞳《ひとみ》を見《み》せつけてきて。

こんなのズルい……断《ことわ》れないじゃない！

夜空《よぞら》くんは困《こま》る私《わたし》を見《み》ながら、イタズラっぽく笑《わら》ってるし。

もしかしたら、こっちが彼《かれ》の素顔《すがお》なのかも。

おどろいたけど、夜空《よぞら》くんの新《あら》たな一面《いちめん》を知《し》れたことが、うれしかった。

天乃原学園《あまのはらがくえん》のパーティー

水族館《すいぞくかん》に出《で》かけてから二日後《ふつかご》の、月曜日《げつようび》の朝《あさ》。

いつものように朝《あさ》ごはんの準備《じゅんび》をすませたけど、夜空《よぞら》くんはまだ起《お》きてこない。

「夜空《よぞら》くん、今日《きょう》は遅《おそ》いですね」

「あの子時々《ときどき》、寝坊《ねぼう》することがあるのよ。悪《わる》いけど、起《お》こしてきてくれないかな」

虹華《にじか》さんに言《い》われて、夜空《よぞら》くんの部屋《へや》に行《い》ってドアをノックしたけど、返事《へんじ》がない。

まだ寝《ね》てるのかな？

ちょっと迷《まよ》ったけど、ドアを開《あ》けて部屋《へや》に入《はい》る。

夜空《よぞら》くんはまだ、ベッドの上《うえ》で眠《ねむ》っていた。

同《おな》じ家《いえ》で暮《く》らしているけど、寝姿《ねすがた》を見《み》るのは初《はじ》めて。

スースーと寝息《ねいき》を立《た》てている様子《ようす》がかわいかったけど、起《お》こさないとだね。

「夜空《よぞら》くん、朝《あさ》だよ起《お》きて」

「ん……んん……」

顔《かお》をのぞきこむようにしながら体《からだ》を揺《ゆ》らすと、小《ちい》さく声《こえ》をもらす。

起《お》きたかな？　だけど次《つぎ》の瞬間腕《しゅんかんうで》が伸《の》びてきて、私《わたし》を抱《だ》きよせた。

「きゃっ！　よ、夜空《よぞら》くん？」

ぎゅっと抱《だ》きしめられ、全身《ぜんしん》の血《ち》が沸騰《ふっとう》しそうになる。

ゴツゴツした体《からだ》。顔《かお》を押《お》しつけられている胸《むね》の中《なか》からは心臓《しんぞう》の音《おと》が聞《き》こえるけど、きっと私《わたし》の心臓《しんぞう》の方《ほう》が、激《はげ》しく動《うご》いてるよー！

「夜空《よぞら》くん。ねえ夜空《よぞら》くんってば、起《お》きてー！」

「うん……幸奈《ゆきな》……？」

ようやく目《め》が覚《さ》めたのか、夜空《よぞら》くんはゆっくりと体《からだ》を起《お》こして、寝《ね》ぼけまなこで私《わたし》を見《み》つめる。

「幸奈《ゆきな》……か。天使《てんし》かと思《おも》った」

「──っ!?　ね、寝《ね》ぼけすぎだよ。もう朝《あさ》ごはんだけど、起《お》きられる？」

「うん……」

ベッドから抜《ぬ》け出《だ》す夜空《よぞら》くんはまだ眠《ねむ》そうで心配《しんぱい》だったけど、私《わたし》はそのまま部屋《へや》を出《で》る。

「もう、天使《てんし》だなんて、どんな夢《ゆめ》見《み》てたんだろう？　それにしても、案外寝起《あんがいねお》き悪《わる》いんだなぁ」

あんな無防備《むぼうび》な姿《すがたはじ》初めて見《み》たけど、いろいろと心臓《しんぞう》に悪《わる》いよー。

その後私《ごわたし》はリビングに戻《もど》って、着替《きが》えた夜空《よぞら》くんも起《お》きてきた。

「おはよ……」

ぎこちなく声《こえ》をかけてきたけど、ちょっと顔《かお》が赤《あか》いような……。

夜空《よぞら》くんの照《て》れてる様子《ようす》に、私《わたし》の胸《むね》のドキドキも、なかなか止《と》まらなかった。

その後《ご》。登校《とうこう》した私《わたし》は、先延《さきの》ばししていたあることを、実行《じっこう》に移《うつ》す。

真子《まこ》を教室《きょうしつ》の外《そと》に連《つ》れ出《だ》すと、ずっと黙《だま》っていたことを打《う》ち明《あ》けた。

「え、幸奈《ゆきな》のお母《かあ》さんが亡《な》くなった？　今《いま》は白神《しらかみ》くん達《たち》の家《いえ》で暮《く》らしてる⁉」

朝一《あさいち》のカミングアウトに、声《こえ》を上《あ》げる真子《まこ》。

あわてて周《まわ》りを見《み》たけど、誰《だれ》かに聞《き》かれないよう校舎《こうしゃ》のすみっこで話《はな》してたから、大丈夫《だいじょうぶ》みたい。

「待《ま》って、一度《いちど》状況《じょうきょう》を整理《せいり》させて。……お母《かあ》さんのこと、本当《ほんとう》に大変《たいへん》だったね」

「ごめんね、早《はや》く言《い》わなくちゃって思《おも》ってたんだけど……」

ロイヤルファミリーなんて呼《よ》ばれている四《よ》人《にん》と一緒《いっしょ》に暮《く》らしているってバレたら、いったいどうなるか。

それから私《わたし》のおじいさんのこと、白神家《しらかみけ》で住《す》むことになった経緯《けいい》を詳《くわ》しく話《はな》すと、真子《まこ》の目《め》がみるみる丸《まる》くなっていく。

「つ、つまり幸奈《ゆきな》は神楽木《かぐらぎ》グループのお嬢《じょう》様《さま》で、ロイヤルファミリーの誰《だれ》かと結婚《けっこん》しなきゃいけないってこと？」

「うん、そうみたい」

とんでもない話《はなし》だけど、もし断《ことわ》ってもきっと別《べつ》の誰《だれ》かと結婚《けっこん》をさせられる。

最初《さいしょ》虹華《にじか》さんが孝蔵会長《こうぞうかいちょう》に話《はなし》を持《も》ちかけた時《とき》はビックリしたけど、これが虹華《にじか》さんなりの守《まも》り方《かた》だ。

政略結婚《せいりゃくけっこん》の道具《どうぐ》にさせるより、そばにおいて守《まも》ろうとしてくれたんだよね。

「なるほどね。夜空《よぞら》くん達《たち》が幸奈《ゆきな》を守《まも》るのは、婚約者《こんやくしゃ》だからなんだ」

「こ、婚約《こんやく》はしてないよ。みんなには結婚《けっこん》の話《はなし》だって秘密《ひみつ》にしてるし」

「そうなの？　でもみんな、幸奈《ゆきな》のことを大事《だいじ》にしてるよね。この前益田《まえますだ》さんにイジワルされた時《とき》、朝陽《あさひ》くん怒《おこ》ってたし。夜空《よぞら》くんなんて女子嫌《じょしぎら》いで有名《ゆうめい》だったのに、顔色《かおいろ》変《か》えて幸奈《ゆきな》をお姫様抱《ひめさまだ》っこして……」

「わーっ！　それは恥《は》ずかしいから言《い》わないで！」

今思《いまおも》い出《だ》しても、ドキドキするよ。

あらためて考《かんが》えると、あの四人《よにん》の中《なか》の誰《だれ》かと結婚《けっこん》だなんて……。

「結婚《けっこん》なんて言《い》われても、そんな未来《みらい》が浮《う》かばないんだけど」

「うーん、私《わたし》はそうは思《おも》わないけど……そうだ、**今度四人《こんどよにん》の中《なか》の誰《だれ》かを、パーティーに誘《さそ》ってみたら？**」

「パーティーって？」

「幸奈《ゆきな》は転校《てんこう》してきたばかりだから知《し》らないか。うちの学校《がっこう》では毎年今《まいとしいま》くらいの時期《じき》に、パーティーが開《ひら》かれるの」

真子《まこ》の話《はなし》によると、パーティーっていうのは生徒同士《せいとどうし》が親睦《しんぼく》を深《ふか》めるためにおこなわれるイベント。

天乃原学園《あまのはらがくえん》はセレブ校《こう》。家《いえ》や会社同士《かいしゃどうし》のパイプを作《つく》る、社交界《しゃこうかい》の場《ば》でもあるんだって。

なんだかすごい世界《せかい》だ。

「それで、パーティーって何《なに》をするの？」

「私《わたし》も詳《くわ》しくはないんだけど、きれいにドレスアップして料理《りょうり》を食《た》べたり、ちょっとしたゲームをやったり。そのパーティー、カップルで楽《たの》しむイベントなんだよ。**男女《だんじょ》でペアを作《つく》って、女子《じょし》が男子《だんし》にエスコートしてもらうのが定番《ていばん》なんだって**」

真子《まこ》が言《い》うには、一人《ひとり》でもパーティーに参加《さんか》することはできるけど、カップルで参加《さんか》する人《ひと》が圧倒的《あっとうてき》に多《おお》いんだって。

さらに、パーティーではベストカップルを決《き》めるコンテストもあるという。

本当《ほんとう》に恋人同士《こいびとどうし》のためのイベントなんだなあ。

「そんなパーティーがあるなんて、さすが天乃原学園《あまのはらがくえん》」

「私《わたし》も最初《さいしょ》聞《き》いたときは、ビックリしたよ。そのパーティーに四人《よにん》の中《なか》の誰《だれ》かと一緒《いっしょ》に出《で》ることができたら、大《おお》きく前進《ぜんしん》するんじゃないかな？」

「そ、そうかな。でも……」

あいにくパーティーに着《き》ていくようなドレスなんて、持《も》っていない。

もしかしたら虹華《にじか》さんに頼《たの》めば用意《ようい》してもらえるかもしれないけど、それよりも……。

よくよく考《かんが》えたら私《わたし》の都合《つごう》で、結婚《けっこん》なんて話《はなし》に巻《ま》き込《こ》んじゃっていいのかなあ？今《いま》さらなんだけど、そんな当《あ》たり前《まえ》の疑問《ぎもん》が頭《あたま》をよぎる。

「まあ、ゆっくり考《かんが》えよう。私《わたし》も相談《そうだん》に乗《の》るから」

「うん、ありがとう」

やっぱり、真子《まこ》に話《はな》してよかった。

けど、このとき私《わたし》はまだ気《き》づいていなかった。

私達《わたしたち》の知《し》らないところで、別《べつ》の問題《もんだい》が発生《はっせい》していることに。

撮《と》られた写真《しゃしん》

真子《まこ》にカミングアウトをした後《あと》、二人《ふたり》で教室《きょうしつ》に戻《もど》る。

だけど中《なか》に入《はい》ったとたん、クラス中《じゅう》の視線《しせん》がこっちに集《あつ》まった。

「来《き》た、春日野《かすがの》さんよ」

「ウワサは本当《ほんとう》なのかなあ?」

な、なんだろう?

みんなこっちを見《み》ながら、ヒソヒソ話《はな》しているけど。

真子《まこ》と一緒《いっしょ》に戸惑《とまど》っていると……。

「か、春日野《かすがの》さん、ちょっといいかしら」

「――っ! 益田《ますだ》さん」

声《こえ》をかけてきたのは、この前《まえ》イジワルしてきた益田《ますだ》さん。

後《うし》ろには、数人《すうにん》の女子《じょし》を引《ひ》き連《つ》れている。

また何《なに》かするつもりなのかもと思《おも》って、つい身構《みがま》えたけど。

予想《よそう》に反《はん》して益田《ますだ》さんは言《い》いにくそうに、周《まわ》りの子達《こたち》と顔《かお》を見合《みあ》わせながら、おずおずと口《くち》を開《ひら》いた。

「正直《しょうじき》に答《こた》えて。これは春日野《かすがの》さんなの？」

言《い》いながらスマホを突《つ》き出《だ》してきて、そこに写《うつ》っていたのは……え、これってこの前《まえ》の、水族館《すいぞくかん》の写真《しゃしん》？

最後《さいご》に寄《よ》った売店《ばいてん》かな。買《か》ってもらったぬいぐるみを抱《だ》っこしている私《わたし》と、笑《わら》っている夜空《よぞら》くんが写《うつ》っている。

「ま、益田《ますだ》さん、これはいったい？」

「二人《ふたり》をたまたま見《み》かけた人《ひと》がいて。こ、これはデートで間違《まちが》いないの!?」

「デ、デート!?　ち、違《ちが》うよ。ただ二人《ふたり》で水族館《すいぞくかん》に行《い》って、ごはんを食《た》べただけで……」

って、この説明《せつめい》じゃ完全《かんぜん》にデートだよ！

案《あん》の定益田《じょうますだ》さんも、それに他《ほか》の女子《じょし》たちも「やっぱり」「ショックー」と頭《あたま》を抱《かか》えてる。

それどころか真子《まこ》まで「もうデートに行《い》ってたんだ」なんて言《い》ってるけど、違《ちが》うから！

益田《ますだ》さんは、悔《くや》しそうに顔《かお》をゆがませながら、さらに問《と》い詰《つ》めてくる。

「そ、それじゃあまさか、**アナタは朝陽《あさひ》くんと付《つ》き合《あ》っているの!?**」

「だからそれは……って、朝陽《あさひ》くん？」

どうしてそこで朝陽《あさひ》くんが？　写真《しゃしん》に写《うつ》ってるのは、夜空《よぞら》くんなのに。

だけどもう一度《いちど》写真《しゃしん》を見《み》て、納得《なっとく》する。

そうか、夜空《よぞら》くんと朝陽《あさひ》くんはそっくりだから、勘違《かんちが》いしてるんだ。

朝陽《あさひ》くんだと勘違《かんちが》いした原因《げんいん》は、たぶん表情《ひょうじょう》。

普段《ふだん》のクールな印象《いんしょう》とは違《ちが》って、写真《しゃしん》の中《なか》の夜空《よぞら》くんは楽《たの》しそうに笑《わら》ってるから。

それに夜空《よぞら》くんは女子嫌《じょしぎら》いで知《し》られてるから、私《わたし》と一緒《いっしょ》にいるなら朝陽《あさひ》くんの方《ほう》って思《おも》ったのかも……。

「黙《だま》ってないで、なんとか言《い》ったらどうなの！」

いけない、益田《ますだ》さんが怒《おこ》っちゃった。

誤解《ごかい》を解《と》こうとしたそのとき。

「これはいったい、なんの騒《さわ》ぎ？」

「──っ！　朝陽《あさひ》くん⁉」

益田《ますだ》さんの顔《かお》が真《ま》っ青《さお》。

横《よこ》を見《み》ると、いつからいたのか朝陽《あさひ》くんが来《き》ていて、益田《ますだ》さんたちにニッコリ笑《わら》った顔《かお》を向《む》けていた。

「まさかとは思《おも》うけど、また幸奈《ゆきな》ちゃんに何《なに》かしてるわけじゃないよね？」

「ち、違《ちが》うわ！　そんなことは決《けっ》して」

「よかった。もし何《なに》かあったら、今度《こんど》こそただじゃすまされないからね」

なんだろう。朝陽《あさひ》くんは笑《わら》っているのに、背後《はいご》に黒《くろ》いオーラが見《み》えるのは、私《わたし》の気《き》のせいかな？

「それで、いったい何《なに》をしてたの？」

「し、知《し》り合《あ》いが、こんな写真《しゃしん》を撮《と》って。それで気《き》になって聞《き》いただけ。本当《ほんとう》にそれだけだから！」

「この写真《しゃしん》は……」

スマホの画面《がめん》に写《うつ》った写真《しゃしん》を見《み》て、目《め》を見開《みひら》く朝陽《あさひ》くん。

「朝陽《あさひ》くんと春日野《かすがの》さんが、ずいぶん仲《なか》よさそうに見《み》えて。そ、それでもしかしたら二人《ふたり》が付《つ》き合《あ》ってるのかもって話《はなし》になって……」

「え、僕《ぼく》？　……ああ、そういうことね」

夜空《よぞら》くんと間違《まちが》えられてるって気《き》づいたのか、朝陽《あさひ》くんは納得《なっとく》したみたいにうなずく。

次《つぎ》の瞬間《しゅんかん》、何《なに》を思《おも》ったのか私《わたし》の肩《かた》に手《て》を回《まわ》して抱《だ》き寄《よ》せてきた。

「キャッ！　あ、朝陽《あさひ》くん？」

「もしも僕《ぼく》らが付《つ》き合《あ》ってるって言《い》ったら、益田《ますだ》さんはどうする？」

「え？　ええ～!?」

朝陽《あさひ》くんの発言《はつげん》に、私《わたし》も益田《ますだ》さんも、それに他《ほか》のみんなも声《こえ》を上《あ》げる。

な、なに言《い》ってるの？　それにそもそも写真《しゃしん》の相手《あいて》は、夜空《よぞら》くんじゃない。

すると朝陽《あさひ》くんは、私《わたし》にだけ聞《き》こえるよう小声《こごえ》で言《い》ってくる。

「あんな写真《しゃしん》があるんだから、付《つ》き合《あ》ってないって言《い》っても、きっとウワサされる。僕《ぼく》ならうまく収《おさ》められるから、合《あ》わせて」

「で、でも。写真《しゃしん》に写《うつ》ってるのは夜空《よぞら》くんだってことは、言《い》った方《ほう》がいいんじゃ？」

「夜空《よぞら》を巻《ま》き込《こ》んだら、余計《よけい》にややこしくなる。あの夜空《よぞら》が女子相手《じょしあいて》に、うまくやれると思《おも》う？」

たしかに。

失礼《しつれい》だけどこういうことは、朝陽《あさひ》くんの方《ほう》が得意《とくい》そう。

「僕達《ぼくたち》の関係《かんけい》は、見《み》ての通《とお》りだよ」

「や、やっぱりそうなんだ。この前《まえ》のことで、そんな気《き》はしてたけど……」

「王子様《おうじさま》みたいな朝陽《あさひ》くんが、あそこまで怒《おこ》ったんだもんね。きっと春日野《かすがの》さんのこと、すごく大事《だいじ》にしているのよ」

「ショック……。でも受《う》け入《い》れないと。春日《かすが》野《の》さんに何《なに》かしたら、今度《こんど》こそ消《け》されるわ」

待《ま》って待《ま》って。みんな頭抱《あたまかか》えてるけど、朝陽《あさひ》くんはこの前《まえ》いったい何《なに》をしたの？

それにこの流《なが》れ、収《おさ》めるどころか、みんな付《つ》き合《あ》ってるって誤解《ごかい》してない？

「あ、朝陽《あさひ》くん、誤解《ごかい》を解《と》かないと」

「うん。けどこの状況《じょうきょう》で否定《ひてい》しても、信《しん》じてもらうのは難《むずか》しいからね。だから今《いま》は答《こた》えをぼかして、後《あと》で少《すこ》しずつ解《と》いていくのがべ

ストだよ」

な、なるほど、そういう作戦《さくせん》だったんだ。

「ね、ねえ幸奈《ゆきな》、本当《ほんとう》に朝陽《あさひ》くんと付《つ》き合《あ》ってるの？」

「そ、そうみたい」

真子《まこ》にはさっき事情《じじょう》を話《はな》してるだけに、余計《よけい》に混乱《こんらん》させちゃったかも。

けどここで本当《ほんとう》のことを言《い》って、朝陽《あさひ》くんの作戦《さくせん》を台《だい》なしにするわけにはいかないよね。

「というわけだから、幸奈《ゆきな》ちゃんのことをあまり困《こま》らせないでほしいな。もしも彼女《かのじょ》に何《なに》かあったら、その時《とき》は……」

「は、はいっ！　ご迷惑《めいわく》はおかけしませーん！」

「わかってくれてうれしいよ」

ニッコリと笑《わら》う朝陽《あさひ》くん。

私《わたし》もそんな彼《かれ》に話《はなし》を合《あ》わせながら、愛想笑《あいそわら》いを続《つづ》けたけど……。

ほ、本当《ほんとう》にこれでよかったの？

なんだかとんでもないことを、してしまった気《き》がした。

幸奈《ゆきな》の親友《しんゆう》【夜空《よぞら》side《サイド》】

昼休《ひるやす》み。

俺《おれ》は一人《ひとり》、校内《こうない》にあるカフェテリアで昼食《ちゅうしょく》をとっていた。

「ほらあれ、ロイヤルファミリーの夜空《よぞら》くんよ」

「はぁ～、素敵《すてき》～。あの氷《こおり》のような目《め》で見《み》つめられたい～」

聞《き》こえていることに、気《き》づいているのかいないのか。女子達《じょしたち》が遠巻《とおま》きにこちらを見《み》てはしゃいでる。

居心地《いごこち》はよくないけど、前《まえ》みたいに盗撮《とうさつ》されるよりマシか。

こんなことは日常茶飯事《にちじょうさはんじ》。いつも通《どお》り、聞《き》き流《なが》そうとしたけど……。

「それにしても、朝陽《あさひ》くんはショックよね。まさか春日野《かすがの》さんと付《つ》き合《あ》ってるなんて。まだ信《しん》じられない」

「でも、すごいラブラブだったって聞《き》いたよ」

……は？

信《しん》じられない言葉《ことば》が聞《き》こえて、俺《おれ》はあわてて席《せき》を立《た》つ。

あの二人《ふたり》が付《つ》き合《あ》ってる？　そんなバカな！

「おい、今《いま》の話《はなし》は本当《ほんとう》か⁉」

「よ、夜空《よぞら》くん⁉」

話《はな》しかけられるとは思《おも》っていなかったのか、女子達《じょしたち》はおどろいてるけど、俺《おれ》は構《かま》わず問《と》い詰《つ》める。

「幸奈《ゆきな》と朝陽《あさひ》が付《つ》き合《あ》ってるって、マジなのか⁉」

「え、ええと……聞《き》いた話《はなし》だと、今朝《けさ》クラスで交際宣言《こうさいせんげん》をしたって」

「お、親同士《おやどうし》が決《き》めた許嫁《いいなずけ》だとか、小《ちい》さい頃《ころ》から相思相愛《そうしそうあい》だったとか」

なんだよそれ、デタラメもいいとこじゃないか。

けどコイツらが言《い》ってることすべてが、デタラメとは限《かぎ》らない。

「夜空《よぞら》くん大丈夫《だいじょうぶ》？　もしかして、知《し》らなかったの？」

「だとしたらショックなのも無理《むり》ないわ。お兄《にい》さんの朝陽《あさひ》くんを、とられたんだもの」

朝陽《あさひ》のことなんてどうでもいい！

アイツが誰《だれ》と付《つ》き合《あ》おうと、知《し》ったことじゃなかった。相手《あいて》が幸奈《ゆきな》じゃなければな。

のんきに昼飯《ひるめし》なんか食《く》ってる場合《ばあい》じゃない。幸奈《ゆきな》に真相《しんそう》を聞《き》かないと。

キャーキャー言《い》っている女子《じょし》をよそに、俺《おれ》はカフェテリアから出《で》ていく。

幸奈《ゆきな》は、晴《は》れた日《ひ》は昼食《ちゅうしょく》は中庭《なかにわ》で食《た》べてるって言《い》ってたな。

しかし中庭《なかにわ》に行《い》ったはいいものの、そこに幸奈《ゆきな》の姿《すがた》はなく。

そのかわり、ベンチに見覚《みおぼ》えのある女子《じょし》が座《すわ》っている。

長《なが》い髪《かみ》をして眼鏡《めがね》をかけてるアイツはたしか……。

「佐伯真子《さえきまこ》？」

「え？」

名前《なまえ》を呼《よ》ぶと、こっちを見《み》てくる。

前《まえ》に幸奈《ゆきな》がボールをぶつけられた時《とき》、幸奈《ゆきな》のことをかばおうとしてた子《こ》だ。

ひょっとして佐伯《さえき》なら、何《なに》か知《し》ってないか？

「なあ、幸奈《ゆきな》がどこにいるか、知《し》らないか？」

「幸奈《ゆきな》なら、飲《の》み物《もの》を買《か》いに行《い》ってるよ。たぶん、すぐ戻《もど》ってくると思《おも》うけど」

「そうか……なあ、最近幸奈《さいきんゆきな》に、何《なに》か変《か》わったことはなかったか？」

「変《か》わったことって……ひょっとして、朝陽《あさひ》くんとのこと？」

「やっぱり、朝陽《あさひ》と何《なに》かあったのか!?」

詳《くわ》しく聞《き》こうとしたけど、佐伯《さえき》はハッとしたように口《くち》を閉《と》じた。

「ごめん、私《わたし》もまだ混乱《こんらん》してて。よくわかってないのに、友達《ともだち》のことをいろいろ言《い》うわけにはいかないから……」

教《おし》えてくれないのかよ。けど、筋《すじ》は通《とお》っている。

こんな反応《はんのう》をされるのは、かなりめずらしい。

何《なに》せ今《いま》まで俺《おれ》の周《まわ》りにいた女子《じょし》は、聞《き》いてもいないことや他人《たにん》の秘密《ひみつ》まで、ベラベラしゃべるようなやつばかりだったからな。

「ゴメンね、教《おし》えてあげられなくて」

「いや、いい。佐伯《さえき》、幸奈《ゆきな》のこと大事《だいじ》にしてるんだな」

「そりゃあ、友達《ともだち》だからね。けど大事《だいじ》にしてるのは、夜空《よぞら》くんの方《ほう》じゃないの？　この前《まえ》だって、たおれた幸奈《ゆきな》を運《はこ》んでいってくれたし」

「それはアイツが無茶《むちゃ》したり、一人《ひとり》で抱《かか》え込《こ》んだりするからだ。他人《たにん》のことには首《くび》つっこんでくるくせに、自分《じぶん》のことは黙《だま》ってるから、放《ほう》っておけないんだよ」

「ふふ、それを大事《だいじ》にしてるって言《い》うんじゃないかな。それに、幸奈《ゆきな》のことよくわかってる。幸奈《ゆきな》、昔《むかし》からそういうところあるもんね」

クスクスと笑《わら》う佐伯《さえき》。

どうやら幸奈《ゆきな》に対《たい》する印象《いんしょう》は、一致《いっち》してるみたいだ。

「佐伯《さえき》って、幸奈《ゆきな》と付《つ》き合《あ》い長《なが》いんだよな。昔《むかし》のアイツって、どんなだったんだ？」

「そうだねえ。よく男子《だんし》にイジメられてた私《わたし》を助《たす》けてくれる、ヒーローみたいな子《こ》だったかな。あ、小学校《しょうがっこう》の頃《ころ》に撮《と》った写真《しゃしん》あるけど、見《み》る？」

「……頼《たの》む」

昔《むかし》の幸奈《ゆきな》の写真《しゃしん》なんて言《い》われて、無視《むし》できるはずがない。

佐伯《さえき》はうなずくと、スマホを操作《そうさ》する。

「あった。ほら、これだよ」

写《うつ》っていたのは少《すこ》し小《ちい》さい、キャンプ場《じょう》で会《あ》った時《とき》と同《おな》じくらいの、笑《わら》ってる幸奈《ゆきな》だった。

「……かわいいな」

思《おも》わず本音《ほんね》がこぼれて。それを聞《き》いた佐伯《さえき》が、目《め》を丸《まる》くする。

「え、今《いま》なんて？　信《しん》じられない言葉《ことば》が聞《き》こえたんだけど？」

「……悪《わる》いかよ」

「ううん、そんなことないよ。幸奈《ゆきな》、ほんとかわいいよね」

うれしそうに、キラキラと目《め》をかがやかせてる。

コイツ、本当《ほんとう》に幸奈《ゆきな》のことが好《す》きなんだな。

「夜空《よぞら》くん。幸奈《ゆきな》のこと、よろしくね。私《わたし》の大事《だいじ》な親友《しんゆう》なの」

「……ああ、もちろんそのつもりだ」

「うれしい！　……あ、今《いま》の話《はなし》、幸奈《ゆきな》にはナイショにしておいてくれないかな？」

まるで自分《じぶん》のことみたいに笑《わら》ったと思《おも》ったら、今度《こんど》はイタズラっぽく口《くち》に指《ゆび》を当《あ》てて、ナイショのポーズを取《と》る。

今《いま》のを幸奈《ゆきな》に知《し》られたら照《て》れくさいだろうし、それは俺《おれ》も同《おな》じだ。

「ああ、ナイショにしておく」

「ふふ、ありがとう」

幸《しあわ》せそうに笑《わら》う佐伯《さえき》。友達《ともだち》のことで、こんなに表情《ひょうじょう》豊《ゆた》かになれるなんてな。

幸奈《ゆきな》と佐伯《さえき》が仲《なか》いい理由《りゆう》がわかった気《き》がして、自然《しぜん》と俺《おれ》も表情《ひょうじょう》がやわらいだ。

夜空《よぞら》くんと真子《まこ》

「ねえ春日野《かすがの》さん、朝陽《あさひ》くんと付《つ》き合《あ》ってるっていうのは、本当《ほんとう》なの⁉」

「そ、それに関《かん》してはお答《こた》えできませーん！」

詰《つ》め寄《よ》ってくる女子《じょし》の質問《しつもん》をかわしながら、逃《に》げるように廊下《ろうか》を歩《ある》いていく。

いったい何回《なんかい》、同《おな》じ質問《しつもん》をされただろう。

それでも朝陽《あさひ》くんが釘《くぎ》をさしてくれたおかげで、しつこく追及《ついきゅう》されないのは助《たす》かる。

けどせめて、真子《まこ》には本当《ほんとう》のことを話《はな》しておかないと。

飲《の》み物《もの》を買《か》いに行《い》ってた私《わたし》は、真子《まこ》の待《ま》つ中庭《なかにわ》まで戻《もど》っていく。

ちゃんと話《はな》して、誤解《ごかい》を解《と》きたいけど、戻《もど》ってきた中庭《なかにわ》で目《め》にしたのは……え、夜空《よぞら》くん⁉

真子《まこ》と夜空《よぞら》くんが、向《む》かい合《あ》って立《た》ってる。

めずらしい組《く》み合《あ》わせ。

夜空《よぞら》くんは女子嫌《じょしぎら》いで通《とお》っていて、真子《まこ》もそんなに男子《だんし》が得意《とくい》なわけじゃないはず。

なのに……ふ、二人《ふたり》とも、すごく幸《しあわ》せそうな顔《かお》してない⁉

いったい何《なに》を話《はな》してるんだろう……。

「うれしい！　……あ、今《いま》の話《はなし》、幸奈《ゆきな》にはナイショにしておいてくれないかな？」

えっ？

私《わたし》の名前《なまえ》が出《で》てきて、おどろく。さらに、今度《こんど》は夜空《よぞら》くんが……。

「ああ、ナイショにしておく」

「ふふ、ありがとう」

幸《しあわ》せそうに笑《わら》い合《あ》う二人《ふたり》だったけど、私《わたし》の胸《むね》はぎゅ～っとしめつけられたみたいになる。

私《わたし》にはナイショって、ほんといったい何《なに》を話《はな》してるんだろう？　まさか……。

笑《わら》ってる二人《ふたり》を見《み》て、考《かんが》えが浮《う》かぶ。

も、もしかして、夜空《よぞら》くんが真子《まこ》のことを好《す》きだとか、真子《まこ》が夜空《よぞら》くんのことを好《す》きだとか、そういうこと⁉

すぐに恋愛《れんあい》に結《むす》びつけるのは安直《あんちょく》な考《かんが》えだとは思《おも》うけど、異性《いせい》が苦手《にがて》なはずの二人《ふたり》が、あんなに仲《なか》よさそうにしてるし。

それにそう考《かんが》えたら、ナイショにするのも納得《なっとく》がいく。

真子《まこ》は私《わたし》と孝蔵会長《こうぞうかいちょう》の事情《じじょう》を知《し》ってるから、白神四兄弟《しらかみよんきょうだい》の夜空《よぞら》くんのことが好《す》きだとしても、言《い》えないよね。

でも、そんなの気《き》にしないでいい。真子《まこ》が夜空《よぞら》くんのことを好《す》きなら、私《わたし》に気《き》をつかってほしくないもん。

なのに……。

どうしてこんなにズキズキ、胸《むね》が痛《いた》むんだろう？

「真子《まこ》……夜空《よぞら》くん……」

気持《きも》ちの整理《せいり》がつかない。
私《わたし》は二人《ふたり》に背《せ》を向《む》けると、そのまま中庭《なかにわ》を後《あと》にする。
朝陽《あさひ》くんとの誤解《ごかい》を、解《と》かなくちゃいけなかったのに。
結局《けっきょく》昼休《ひるやす》みが終《お》わるまで、真子《まこ》のところに戻《もど》ることはできなかった。

洗面所《せんめんじょ》のハプニング

はぁ……結局《けっきょく》真子《まこ》とはうまく話《はな》せなかったなあ。

学校《がっこう》からの帰《かえ》り道《みち》、昼間《ひるま》の出来事《できごと》を思《おも》い出《だ》しながら、ため息《いき》をつく。

昼休《ひるやす》みが終《お》わった後《あと》、真子《まこ》とは話《はな》したんだけど、夜空《よぞら》くんとのことは聞《き》けなかった。

逆《ぎゃく》に真子《まこ》から、朝陽《あさひ》くんと本当《ほんとう》に付《つ》き合《あ》ってるのって聞《き》かれたけど……今《いま》は言《い》えないっていう、なんともあいまいな答《こた》えになっちゃった。

考《かんが》えてみたら、真子《まこ》は夜空《よぞら》くんから告白《こくはく》されたことを私《わたし》にナイショにしてるけど、私《わたし》は朝陽《あさひ》くんとのことをナイショにしてる。

なんだか、秘密《ひみつ》ばかりで嫌《いや》だよ……。

「幸奈《ゆきな》ちゃん？　おーい、幸奈《ゆきな》ちゃーん」

「はっ!?」

あわてて顔《かお》を上《あ》げると、隣《となり》には私《わたし》を呼《よ》ぶ朝陽《あさひ》くんが。

実《じつ》は今日《きょう》は、一緒《いっしょ》に帰《かえ》ってもらってるの。

今朝《けさ》あんなことがあったばかりだから、付《つ》き合《あ》ってるふうに見《み》せた方《ほう》がいいって、朝陽《あさひ》くんに言《い》われて。

「ゴメン、なんの話《はなし》だっけ？」

「今《いま》さらだけど僕《ぼく》、迷惑《めいわく》かけてない？　相談《そうだん》なしにこんなこと始《はじ》めちゃったけど」

「そんなことないよ。助《たす》けてくれたんだし。それより、朝陽《あさひ》くんは嫌《いや》じゃない？　私《わたし》なんかと、その……っ、付《つ》き合《あ》ってるって誤解《ごかい》されてるけど」

普通《ふつう》に考《かんが》えたら、すごく迷惑《めいわく》だよね。だけど朝陽《あさひ》くんは、ニッコリと笑《わら》う。

「全然《ぜんぜん》。今《いま》まで女《おんな》の子《こ》と付《つ》き合《あ》ったことなんてなかったけど、フリとはいえ相手《あいて》が幸奈《ゆきな》ちゃんでよかったよ」

え、女《おんな》の子《こ》と付《つ》き合《あ》ったことがないなんて、意外《いがい》。

慣《な》れた感《かん》じだから、てっきり経験値《けいけんち》高《たか》めって思《おも》ってたよ。

「そうだ。せっかくだから、ケーキでも食《た》べに行《い》かない？　オススメのお店《みせ》があるんだ」

「え？　でも帰《かえ》って、家《いえ》のことをやらないと」

「たまには息抜《いきぬ》きも必要《ひつよう》だよ。それとも、僕《ぼく》と行《い》くのは嫌《いや》？」

「そんなことは……。な、なら、一緒《いっしょ》に行《い》っていいかな？」

朝陽《あさひ》くんに連《つ》れられて、街《まち》の中《なか》を歩《ある》いていく。

夜空《よぞら》くんや真子《まこ》のことでモヤモヤしてたから、気分転換《きぶんてんかん》になるかも……なんて思《おも》っていたけど。

そんな悠長《ゆうちょう》なことやってる場合《ばあい》じゃないって、すぐに思《おも》い知《し》らされることになる。

ケーキを食《た》べて白神家《しらかみけ》に帰《かえ》ると、夜空《よぞら》くんと夕也《ゆうや》くんはもう帰《かえ》っているみたいで、靴《くつ》がある。

リビングに行《い》くと、夕也《ゆうや》くんが一人《ひとり》でジュースを飲《の》んでいた。

「あ、おかえり。朝陽兄《あさひにい》と幸奈《ゆきな》、一緒《いっしょ》だったんだ」

「うん。ちょっとカフェに行《い》っててね」

「ふーん。二人《ふたり》でカフェねえ……」

な、なんだろう？　夕也《ゆうや》くんは私達《わたしたち》をまじまじと見《み》つめる。

「ねえ、二人《ふたり》が付《つ》き合《あ》ってるってウワサは、本当《ほんとう》なの？」

「——っ⁉　ゆ、夕也《ゆうや》くん、その話《はなし》は誰《だれ》から？」

「学校中《がっこうじゅう》、みんな言《い》ってるよ。ボク、ウワサは本当《ほんとう》なのかって何回《なんかい》も聞《き》かれて、困《こま》ったんだから。学校《がっこう》の裏《うら》サイトでも騒《さわ》がれてるし、知《し》らない人《ひと》なんていないんじゃないの？」

そ、そんなに⁉

騒《さわ》がれてるのは知《し》ってたけど、思《おも》ったよりずっと大《おお》ごとになっていたんだ！

「あ、朝陽《あさひ》くん、どうすれば……」

「ウワサが早《はや》いね。こうなった以上《いじょう》、ヘタに本当《ほんとう》のことを言《い》わない方《ほう》がいいかも。念《ねん》のため夕也《ゆうや》にも」

小声《こごえ》でささやかれたけど、夕也《ゆうや》くんにも言《い》っちゃダメなの⁉

けど待《ま》って。学校中《がっこうじゅう》が知《し》ってるってことはもしかして……よ、夜空《よぞら》くんも知《し》ってるんじゃ？

気《き》づいた瞬間《しゅんかん》、頭《あたま》から水《みず》をかぶったみたいに、全身《ぜんしん》が冷《つめ》たくなった気《き》がした。

――夜空《よぞら》くんにだけは、誤解《ごかい》されたくない。

「ゆ、夕也《ゆうや》くん、夜空《よぞら》くんはどこ？」

「夜空兄《よぞらにい》？　それならさっき洗面所《せんめんじょ》の方《ほう》に……」

「洗面所《せんめんじょ》だね、わかった！」

「あ、ちょっと」

夕也《ゆうや》くんが何《なに》か言《い》いかけたけど、今《いま》は夜空《よぞら》くんと話《はなし》をしないと。

リビングを出て、教《おし》えられた洗面所《せんめんじょ》まで行《い》って、いきおいよくドアを開《あ》けると……。

「え、幸奈《ゆきな》？」

「よ、夜空《よぞら》く……んんっ⁉」

夕也《ゆうや》くんの言《い》った通《とお》り、夜空《よぞら》くんはそこにいた……上半身裸《じょうはんしんはだか》の状態《じょうたい》で。

「――――っ⁉　ご、ごめんなさーい！」

たくましい胸板《むないた》、引《ひ》きしまった腹筋《ふっきん》。

それらから目《め》をそむけるため、あわてて明後日《あさって》の方《ほう》を向《む》く。

ああっ、やっちゃったよ！

白神家《しらかみけ》の洗面所《せんめんじょ》はお風呂《ふろ》と隣接《りんせつ》していて、脱衣場《だついじょう》もかねている。

だから入《はい》るときは注意《ちゅうい》しなきゃいけないって、わかっていたのに。

「ごめん、すぐ出《で》るね！」

「ちょっ、待《ま》て幸奈《ゆきな》！」

立《た》ち去《さ》ろうとしたその時《とき》、腕《うで》をつかまれた。

「な、なに？」

「聞《き》きたいことがあるんだけど」

「そ、それ、今《いま》じゃなきゃダメ⁉」

そりゃあ私《わたし》も話《はなし》はあったけど、今《いま》の夜空《よぞら》くん、上《うえ》は何《なに》も着《き》てないんだから。

恥《は》ずかしくて直視《ちょくし》できないよ！

困《こま》っていたら、朝陽《あさひ》くんと夕也《ゆうや》くんがやってくる。

「ああ、やっぱりこうなってたかー」

「夜空《よぞら》、まずは手《て》を離《はな》したらどう？　幸奈《ゆきな》ちゃんを困《こま》らせたくはないでしょ」

「っ！　悪《わる》い幸奈《ゆきな》、怖《こわ》がらせて」

手《て》を離《はな》されると、急《いそ》いで夜空《よぞら》くんから離《はな》れる。

「大丈夫《だいじょうぶ》だけどごめん、今《いま》は一人《ひとり》にしてー！」

夜空《よぞら》くんに背《せ》を向《む》けて、一目散《いちもくさん》に逃《に》げ出《だ》していく。

私《わたし》のバカー！　話《はな》さなきゃいけないことがあるのに、何《なに》やってるのー⁉

ほんと、自分《じぶん》のドジさが嫌《いや》になる。

リビングに戻《もど》って、ドクドク言《い》う胸《むね》を押《お》さえていると、今度《こんど》は晴翔《はると》くんが帰《かえ》ってきた。

「は、晴翔《はると》きゅん、おかえりにゃしゃい！」

「幸奈《ゆきな》ちゃんどうしたの？　顔赤《かおあか》いよ」

「こ、これは……にゃんでもありません」

ろれつが回《まわ》らない口《くち》でしゃべったけど、夜空《よぞら》くんがお風呂《ふろ》に入《はい》ろうとしてるところに乱《らん》入《にゅう》したなんて、言《い》えないよね。

「そ、それより、今日《きょう》はずいぶん遅《おそ》かったんだね」

「ああ、もうすぐ学校《がっこう》でパーティーがあるから、その準備《じゅんび》でね」

パーティー。真子《まこ》が言《い》っていたやつだ。

そういえば、夜空《よぞら》くんは真子《まこ》をパーティーに誘《さそ》うのかな？

「幸奈《ゆきな》ちゃんは、朝陽《あさひ》をパーティーに誘《さそ》うの？」

「――っ!?　ど、どうして？」

「付《つ》き合《あ》いはじめたんでしょ。けど、まさか朝陽《あさひ》とはね。てっきり夜空《よぞら》……」

「あ、あの、私達《わたしたち》は……」

――付《つ》き合《あ》ってないです。

そう言《い》いかけて、ハッと口《くち》を閉《と》じる。

秘密《ひみつ》にするよう、朝陽《あさひ》くんに言《い》われたんだった。

だけど私《わたし》の様子《ようす》を変《へん》に思《おも》ったのか、晴翔《はると》くんが不思議《ふしぎ》そうに見《み》てくる。

な、何《なに》か言《い》わなくちゃ。

「わ、私《わたし》なんかと付《つ》き合《あ》って、朝陽《あさひ》くんは迷惑《めいわく》なんじゃ」

「そう自分《じぶん》のことを卑下《ひげ》しなくても。それに君《きみ》のおじいさん、孝蔵会長《こうぞうかいちょう》のことを考《かんが》えると、付《つ》き合《あ》っておいて損《そん》はないでしょ」

「それは……え？」

待《ま》って。孝蔵会長《こうぞうかいちょう》の件《けん》、晴翔《はると》くんは知《し》っているの？

「ど、どうしてそれを？」

「幸奈《ゆきな》ちゃんがうちに来《き》たとき、母《かあ》さんの様子《ようす》がどうも不自然《ふしぜん》に思《おも》えて、聞《き》いたんだ。あ、でも俺以外《おれいがい》は、このことは知《し》らないから」

晴翔《はると》くん、ずっと前《まえ》から私《わたし》の事情《じじょう》を知《し》ってたんだ。

「ごめんね。ヘタに口出《くちだ》しするより、そっとしておいた方《ほう》がいいかもって思《おも》って、黙《だま》ってたんだ」

「私《わたし》こそごめんなさい。こんな大事《だいじ》なこと隠《かく》してて」

「いいよ。それよりも、俺《おれ》としては朝陽《あさひ》と付《つ》き合《あ》うことをおすすめするよ。兄《あに》の俺《おれ》が言《い》うのもなんだけど、朝陽《あさひ》は優《やさ》しくてイイやつだよ。少《すく》なくとも、孝蔵会長《こうぞうかいちょう》に君《きみ》をあずけるよりはいいはずだ」

この孝蔵会長《こうぞうかいちょう》の信用《しんよう》のなさ、逆《ぎゃく》にすごい。

でも……。

「そんな理由《りゆう》で付《つ》き合《あ》ったり、ましてや結婚《けっこん》なんて。朝陽《あさひ》くんがどう思《おも》うか……」

だけど言《い》いかけて、ハッと気《き》づいた。

これは何《なに》も、朝陽《あさひ》くんに限《かぎ》った話《はなし》じゃない。

虹華《にじか》さんは私《わたし》を守《まも》るために引《ひ》き取《と》ってくれたけど、そのせいで朝陽《あさひ》くんや夜空《よぞら》くんを巻《ま》き込《こ》んでる。

みんなの人生《じんせい》を、変《か》えてしまうことなのに。

けどそんな私《わたし》の気持《きも》ちを察《さっ》したみたいに、晴翔《はると》くんが。

「そんなに思《おも》いつめなくていいよ。どのみち俺達《おれたち》は家《いえ》の都合上《つごうじょう》、政略結婚《せいりゃくけっこん》が当《あ》たり前《まえ》になるし、恋愛《れんあい》なんてできないって思《おも》ってたから」

「え？　まさかそんな」

「俺達《おれたち》にとっては、これが普通《ふつう》なんだよ。名家《めいか》と言《い》われる家《いえ》の子供《こども》は、たいていね」

晴翔《はると》くんの言《い》うことはすぐには信《しん》じられなかったけど。

孝蔵会長《こうぞうかいちょう》がすぐさま私《わたし》を政略結婚《せいりゃくけっこん》に使《つか》おうとしたみたいに、そういうのが当《あ》たり前《まえ》の世界《せかい》も、あるのかもしれない。

「中《なか》には君《きみ》のお母《かあ》さんの円《まどか》さんみたいに、例外《れいがい》もあるけどね」

たしかに。

お母《かあ》さんは孝蔵会長《こうぞうかいちょう》の実娘《じつじょう》であるにもかかわらず、一般人《いっぱんじん》であるお父《とう》さんと結《むす》ばれた。

そんなお母《かあ》さんと仲《なか》のよかった虹華《にじか》さんは、私《わたし》を神楽木《かぐらぎ》グループのゴタゴタに巻《ま》き込《こ》まないようにしてくれてるけど。

みんなは、本当《ほんとう》にこれでいいの？

どうするのが正解《せいかい》か、わからなくなってきた。

「まあ、すぐに答《こた》えを出《だ》さなくてもいいよ。何《なに》が正《ただ》しいかじゃなくて、君《きみ》がどうしたいかを考《かんが》えるんだ。俺《おれ》も応援《おうえん》してるから」

「はい……ありがとうございます」

晴翔《はると》くんはそう言《い》ってくれたものの、迷《まよ》いは消《き》えずに。モヤモヤとした気持《きも》ちが、つのっていった。

虹華《にじか》さんの作戦《さくせん》

夜《よる》になって、私達《わたしたち》はいつも通《どお》り夕食《ゆうしょく》をとったけど、夜空《よぞら》くんとは話《はな》せないまま。

その後《あと》私《わたし》は、虹華《にじか》さんの部屋《へや》に呼《よ》ばれた。

「ねえ幸奈《ゆきな》ちゃん。今度《こんど》学校《がっこう》で、パーティーがあるのは知《し》ってる？」

「はい。晴翔《はると》くんや友達《ともだち》から聞《き》きました」

「実《じつ》はそのパーティーにね、来賓《らいひん》として孝蔵会長《こうぞうかいちょう》も来《く》るの」

「私《わたし》のおじいさんがですか？」

「そう。孝蔵会長《こうぞうかいちょう》は学園《がくえん》に寄付《きふ》してるから、学園内《がくえんない》の視察《しさつ》が表向《おもてむ》きの理由《りゆう》なんだけど……」

表向《おもてむ》き？

ということは、何《なに》か別《べつ》の理由《りゆう》があるってこと？

「たぶん本当《ほんとう》の目的《もくてき》は、幸奈《ゆきな》ちゃんの様子《ようす》を見《み》ようとしてるんだと思《おも》うわ。幸奈《ゆきな》ちゃんがうちの誰《だれ》かと、うまくいってるかをね」

「えっ？　じゃあもしも、パーティーで私《わたし》が一人《ひとり》でいたら……」

「たぶん、印象《いんしょう》は悪《わる》くなるわね。最悪《さいあく》連《つ》れ戻《もど》されて、『神楽木《かぐらぎ》グループの者《もの》としてふさわしいよう教育《きょういく》する！』ってなるかも」

そんな、理不尽《りふじん》な！

たしかに虹華《にじか》さんが私《わたし》を引《ひ》き取《と》った時《とき》、兄弟《きょうだい》の中《なか》の誰《だれ》かと結婚《けっこん》する見込《みこ》みがなかったら連《つ》れ戻《もど》すって言《い》ってたけど……。

「心配《しんぱい》しなくても大丈夫《だいじょうぶ》よ。実《じつ》は、黙《だま》ってたんだけど、晴翔《はると》にだけは事情《じじょう》を話《はな》してて……」

「あ、はい。さっき晴翔《はると》くんから聞《き》きました」

「あらそうなの？　まあそういうわけだから、

いざとなれば晴翔《はると》に頼《たの》んでエスコートしてもらうといいわ。も・ち・ろ・ん、朝陽《あさひ》や夜空《よぞら》がいいならそっちでもいいけど」

虹華《にじか》さんはイタズラっぽく笑《わら》ったけど、私《わたし》はとても笑《わら》う気《き》になれなかった。

私《わたし》はいつまで、みんなを巻《ま》き込《こ》むのかな？

「あの、虹華《にじか》さん。パーティーですけど……い、行《い》かないわけにはいきませんか？」

「え？　待《ま》って幸奈《ゆきな》ちゃん、そんなことをしたら。孝蔵会長《こうぞうかいちょう》はアナタを……」

「はい、わかってます。けど私《わたし》の都合《つごう》で、みんなを振《ふ》り回《まわ》すわけにはいきませんから。ましてや……よ、夜空《よぞら》くん達《たち》の中《なか》の誰《だれ》かと結婚《けっこん》なんて、申《もう》し訳《わけ》なさすぎます！」

孝蔵会長《こうぞうかいちょう》のところに連《つ》れていかれて、政略結婚《せいりゃくけっこん》の道具《どうぐ》にされるなんて冗談《じょうだん》じゃない。

もしも夜空《よぞら》くんたちの中《なか》の誰《だれ》かと結婚《けっこん》できるのなら、きっとその方《ほう》が幸《しあわ》せだと思《おも》う。

最初《さいしょ》は不安《ふあん》でいっぱいだったけど、みんなすごくいい人《ひと》だって、今《いま》ならわかるもん。

けどそれは、かわりに夜空《よぞら》くんたちの中《なか》の誰《だれ》かが、私《わたし》と望《のぞ》まない結婚《けっこん》をさせられるってことだよね。

そんなの、絶対《ぜったい》にダメだよ！

だけど虹華《にじか》さんは、優《やさ》しく言《い》ってくれる。

「そっか……ごめんなさいね。助《たす》けになりたかったのに、逆《ぎゃく》に追《お》いつめちゃったみたいで」

「そんな、虹華《にじか》さんは悪《わる》くありません」

「ううん、ちゃんと説明《せつめい》してなかった私《わたし》が悪《わる》いの。実《じつ》はね、幸奈《ゆきな》ちゃんもうちの子達《こたち》も望《のぞ》まなかったら、無理《むり》に結婚《けっこん》させる気《き》はなかったのよ」

え？　でもそれだと、孝蔵会長《こうぞうかいちょう》は納得《なっとく》しないんじゃ？

だけど虹華《にじか》さんは、笑顔《えがお》で答《こた》える。

「大丈夫《だいじょうぶ》よ。もともとね、孝蔵会長《こうぞうかいちょう》が幸奈《ゆきな》ちゃんのことに口出《くちだ》しできないよう、根回《ねまわ》しするつもりでいたの。けど、それには時間《じかん》がかかるから。幸奈《ゆきな》ちゃんをうちに呼《よ》んだのは、その時間《じかん》かせぎのためでもあったの」

つ、つまり虹華《にじか》さんは、最初《さいしょ》から孝蔵会長《こうぞうかいちょう》をあざむく気満々《きまんまん》だったってこと!?

どうやら虹華《にじか》さんは私《わたし》が思《おも》っていたより、ずっと大胆《だいたん》なことを考《かんが》えていたみたい。

「けどね。本当《ほんとう》はちょっとだけ、下心《したごころ》もあったの。幸奈《ゆきな》ちゃんがうちに来《き》てくれれば、あの子達《こたち》もちょっとは変《か》われるかなーって思《おも》って」

「変《か》わるって、夜空《よぞら》くん達《たち》がですか？」

「なんて言《い》うかうちの子《こ》たちね、やたら『白神《しらかみ》』の家《いえ》にしばられて、きゅうくつな思《おも》いをしてるみたいなの。私《わたし》も昔《むかし》そうだったんだけど、白神家《しらかみけ》ってだけで特別視《とくべつし》されることが多《おお》くて」

そういえば。

夕也《ゆうや》くんは、白神家《しらかみけ》の子供《こども》だからサッカー部《ぶ》でレギュラーを取《と》れたって、妬《ねた》まれてるって言《い》ってた。

夜空《よぞら》くんは女《おんな》の子《こ》に寄《よ》ってこられて、うんざりしてたっけ。

白神《しらかみ》の家《いえ》は天乃原学園《あまのはらがくえん》でもトップの名家《めいか》。

周《まわ》りからは一目《いちもく》も二目《にもく》も置《お》かれているけど、家柄《いえがら》がいいのは、いいことばかりとは限《かぎ》らないみたい。

「けど幸奈《ゆきな》ちゃんならそういうの関係《かんけい》なしに、あの子達《こたち》を見《み》てくれるって思《おも》ったから。円《まどか》が生《い》きてたときから、いつか幸奈《ゆきな》ちゃんとうちの子達《こたち》を、会《あ》わせたいって思《おも》っていたのよ」

「ま、待《ま》ってください。けど私《わたし》は別《べつ》に、なにもできないですけど」

「そんなことないわ。幸奈《ゆきな》ちゃんみたいな友達《ともだち》ができるのは、きっとあの子達《こたち》にとってもいいことだもん。私《わたし》に円《まどか》がいてくれたようにね」

虹華《にじか》さんは目《め》を細《ほそ》めて、たぶんお母《かあ》さんのことを思《おも》い出《だ》してる。

二人《ふたり》がどんなふうに仲《なか》よくなって、友情《ゆうじょう》をはぐくんだかは知《し》らないけど。

きっと虹華《にじか》さん、お母《かあ》さんのこと大好《だいす》きだったんだろうなあ。

「き、期待《きたい》に応《こた》えられるようがんばります」

「あらあら、そんなかしこまらなくたっていいのよ。それよりパーティーの件《けん》だけど、
やっぱり孝蔵会長《こうぞうかいちょう》をごまかすためは、誰《だれ》かと一緒《いっしょ》にいた方《ほう》がいいと思《おも》うんだけど……。

ねえ、誰《だれ》かいいって思《おも》ってる子《こ》、いないの？」

「それは……」

一瞬《いっしゅん》、一人《ひとり》の顔《かお》が浮《う》かんだけど……ダメだよね。

「すみません、それはちょっと……」

「あら残念《ざんねん》。まあ相手《あいて》は当日《とうじつ》までに考《かんが》えるとして……せっかくだから、とびきりきれいな
ドレスを準備《じゅんび》しましょ。あまり時間《じかん》がないから、急《いそ》がなくちゃね」

「そんな……本当《ほんとう》に大丈夫《だいじょうぶ》ですから」

とは言《い》ったものの、その気《き》になった虹華《にじか》さんを止《と》められるはずもなく。

話《はなし》は、どんなドレスにするかって方向《ほうこう》に進《すす》んでいった。

けどこのとき、私《わたし》も虹華《にじか》さんも気《き》づいていなかった。

部屋《へや》の入《い》り口《ぐち》に、さっきの私達《わたしたち》の会話《かいわ》を聞《き》いていた人《ひと》がいたことを……。

悩《なや》める夜空《よぞら》【夜空《よぞら》side《サイド》】

「……結婚《けっこん》って、なんだよそれ」

衝撃《しょうげき》の事実《じじつ》を知《し》ってしまった俺《おれ》は、あわてて部屋《へや》から遠《とお》ざかる。

朝陽《あさひ》と付《つ》き合《あ》ってるのは本当《ほんとう》か確《たし》かめたくて、幸奈《ゆきな》に会《あ》いに母《かあ》さんの部屋《へや》の前《まえ》まで行《い》ったけど。

ドア越《ご》しに聞《き》こえてきた会話《かいわ》を聞《き》いて、雷《かみなり》に打《う》たれたような衝撃《しょうげき》を受《う》けた。

話《はなし》は断片的《だんぺんてき》にしか聞《き》こえなかったけど、幸奈《ゆきな》はあの神楽木《かぐらぎ》グループの孝蔵会長《こうぞうかいちょう》の孫《まご》。

そして俺達兄弟《おれたちきょうだい》の中《なか》の誰《だれ》かと結婚《けっこん》しないと、会長《かいちょう》のもとに連《つ》れていかれる。

けど本人《ほんにん》は、そんな理由《りゆう》で俺《おれ》たちに迷惑《めいわく》はかけられないって思《おも》っている。

とりあえず、話《はなし》を聞《き》いたのはここまで。

あとはもうキャパオーバーすぎたから、聞《き》くのをやめて自分《じぶん》の部屋《へや》まで戻《もど》ってきたけど……。

ぐちゃぐちゃな気持《きも》ちのまま、ベッドにたおれ込《こ》む。

「マジかよ……」

母《かあ》さんのことだから、幸奈《ゆきな》を引き取《ひと》ったのには何《なに》か理由《りゆう》があるのかもとは思《おも》ったけど、予想外《よそうがい》すぎるだろ。

幸奈《ゆきな》を政略結婚《せいりゃくけっこん》なんて、させられるか。そうさせるくらいなら、俺《おれ》が……。

「いや、幸奈《ゆきな》は朝陽《あさひ》と付《つ》き合《あ》ってるんだ……」

幸奈《ゆきな》に会《あ》いに行《い》ったそもそもの目的《もくてき》を思《おも》い出《だ》す。

あのウワサが本当《ほんとう》だとしたら、二人《ふたり》がくっついちまえば問題《もんだい》はないわけだが……。

「朝陽《あさひ》か……こんな身近《みぢか》に敵《てき》がいたなんて、なんでもっと早《はや》く気《き》づかなかったんだ……」

いや、気《き》づけるはずないか。

兄弟《きょうだい》の中《なか》で、俺《おれ》と朝陽《あさひ》は一番距離《いちばんきょり》があるから。

同《おな》い年《どし》のふたごだからか、俺達《おれたち》はことあるごとに比較《ひかく》されて。

けど、俺《おれ》も朝陽《あさひ》もそれが嫌《いや》だったから、いつの間《ま》にか距離《きょり》を作《つく》ってあまりお互《たが》いに干渉《かんしょう》しないようになっていた。

幸奈《ゆきな》がボールをぶつけられたときは、俺《おれ》も朝陽《あさひ》も動《うご》いたけど。

思《おも》えばあの時《とき》、朝陽《あさひ》が幸奈《ゆきな》をどんな目《め》で見《み》てるか、気《き》づくべきだった。

朝陽《あさひ》の一方的《いっぽうてき》な片想《かたおも》いならいい。けど二人《ふたり》が付《つ》き合《あ》ってるってことは、幸奈《ゆきな》も朝陽《あさひ》のことを。

だとしたら……。

「俺《おれ》の出《で》る幕《まく》はない……か」

ウワサが本当《ほんとう》だったとしても、俺《おれ》は強引《ごういん》にでも、朝陽《あさひ》から幸奈《ゆきな》を奪《うば》うつもりでいた。

けどあんな事情《じじょう》を知《し》ってしまったら、話《はなし》は変《か》わってくる。

もしも俺《おれ》が出《で》しゃばって、こじれたら？

幸奈《ゆきな》のことを思《おも》うなら、余計《よけい》なことはしない方《ほう》がいいんじゃないか。

「くそ、なんでこんなに悩《なや》まなきゃいけないんだよ」

ベッドにあお向《む》けになりながら、俺《おれ》は力《ちから》のない声《こえ》を吐《は》いた。

エスコートの相手《あいて》

虹華《にじか》さんは、私《わたし》をパーティーに参加《さんか》させる気満々《きまんまん》。

もちろん、孝蔵会長《こうぞうかいちょう》から私《わたし》を守《まも》るのが一番《いちばん》の目的《もくてき》なんだろうけど、どんなドレスがいいか選《えら》ぶ様子《ようす》は、純粋《じゅんすい》に私《わたし》をドレスアップすることに、ワクワクしてるみたいに思《おも》えた。

それは大変《たいへん》ありがたいんだけど。

私《わたし》にはパーティーよりも、気《き》になることがあるんだよね……。

「幸奈《ゆきな》？　おーい、幸奈《ゆきな》ー」

いけない、つい考《かんが》えこんじゃってた。

今《いま》は学校《がっこう》の昼休《ひるやす》み。私《わたし》はいつものように、真子《まこ》とお昼《ひる》を食《た》べていたんだけど。

真子《まこ》は私《わたし》を、心配《しんぱい》そうに見《み》てくる。

「どうしたの？　ごはん全然《ぜんぜん》食《た》べてないけど」

「う、うん。あまり食欲《しょくよく》がなくて」

「大丈夫《だいじょうぶ》？　この前《まえ》みたいにたおれたりしないよね」

「平気《へいき》だって。そこまでひどくないから」

それよりも。

私《わたし》は真子《まこ》と夜空《よぞら》くんが、昨日《きのう》あの後《あと》どうなったかが気《き》になってる。

二人《ふたり》が話《はな》してるのを見《み》て、私《わたし》は途中《とちゅう》で離《はな》れちゃったけど……。

ふ、二人《ふたり》はもう、付《つ》き合《あ》ってるのかなあ？

けど聞《き》きたくても、私《わたし》にはナイショって言《い》ってたし……。

もんもんと悩《なや》んでいると。

「ねえ、幸奈《ゆきな》は夜空《よぞら》くんのこと、どう思《おも》う？」

——んんっ!?

真子《まこ》の方《ほう》から、夜空《よぞら》くんの話《はなし》をしてきた！

「よ、夜空《よぞら》くん？　な、なんでそんなことを……」

「えっと……ほ、ほら、夜空《よぞら》くんって、女子嫌《じょしぎら》いって言《い》われてるじゃない。家《いえ》ではうまくやってるのか、気《き》になって」

あわてて言《い》う真子《まこ》だったけど……目《め》が泳《およ》いでるよ。

何《なに》か隠《かく》してるような気《き》がしてならない。

いや待《ま》って。もしも真子《まこ》が夜空《よぞら》くんのことを好《す》きなんだとしたら。

一緒《いっしょ》に暮《く》らしてる私《わたし》が、夜空《よぞら》くんのことをどう思《おも》ってるか、気《き》になっているのかも？

「よ、夜空《よぞら》くんは、優《やさ》しいよ。けどそれだけ！　べ、別《べつ》になんとも思《おも》ってないから！」

「そ、そう？　じゃ、じゃあ今度《こんど》、パーティーがあるじゃない？　やっぱり幸奈《ゆきな》は、朝陽《あさひ》くんと参加《さんか》するの？」

急《きゅう》に話《はなし》が変《か》わった。

どうしよう。朝陽《あさひ》くんと付《つ》き合《あ》ってるのはウソだけど、それは秘密《ひみつ》にしなきゃいけないから……。

「そうなるかも……ま、まだわからないけど」

「そう……それじゃあ、夜空《よぞら》くんを誘《さそ》ったりは……」

「しないよ！　よ、夜空《よぞら》くんだけは絶対絶対《ぜったいぜったい》、ぜーったいないから！」

「そ、そんなに？　よ、夜空《よぞら》くんかわいそう……」

なぜか悲《かな》しそうになる真子《まこ》だったけど……いきなりこんなことを聞《き》いたってことは、ひょっとして幸奈《ゆきな》、夜空《よぞら》くんと一緒《いっしょ》にパーティーに出《で》たいのかなあ？

だったら遠慮《えんりょ》しないで。

真子《まこ》は私《わたし》の結婚《けっこん》うんぬんの事情《じじょう》を知《し》ってるから、気《き》にしてるのかもしれないけど、真《ま》子《こ》と夜空《よぞら》くんの仲《なか》をジャマはしない。

二人《ふたり》でパーティーに、参加《さんか》していいんだよ！

なのに……。

なんだろう？　パーティーで夜空《よぞら》くんにエスコートされる真子《まこ》の姿《すがた》を想像《そうぞう》すると、胸《むね》がズキズキ痛《いた》む。

私《わたし》本当《ほんとう》に、どうしちゃったんだろう？

結局《けっきょく》そのまま昼休《ひるやす》みは終《お》わって、放課後《ほうかご》。

白神家《しらかみけ》に帰宅《きたく》した私《わたし》は、廊下《ろうか》の掃除《そうじ》をしていたんだけど。

ふいにリビングの方《ほう》から、何《なに》やら言《い》いあらそうような大《おお》きな声《こえ》が聞《き》こえてきたの。

「だから、アイツを誘《さそ》えって言《い》ってるだろ！」

「言《い》われなくてもそのつもりだよ。けど、夜空《よぞら》に指図《さしず》されるのは気《き》にくわないね」

「なんだとっ！」

ど、どうしたんだろう？

なんだかケンカしているみたいなやり取《と》り。

おどろいてリビングに行《い》ってみると、そこでは夜空《よぞら》くんが朝陽《あさひ》くんの胸《むね》ぐらをつかんでいた。

「二人《ふたり》とも、いったいどうしたの!? ケンカはやめて!」

間《あいだ》に割《わ》って入《はい》ると、夜空《よぞら》くんは朝陽《あさひ》くんから手《て》を離《はな》す。

いったい何《なに》があったの?

夜空《よぞら》くんも朝陽《あさひ》くんも黙《だま》ったまま、お互《たが》いをにらんでいる。

しばらく沈黙《ちんもく》が続《つづ》いたけど、それを破《やぶ》ったのは朝陽《あさひ》くんだった。

「夜空《よぞら》がいいって言《い》うなら、僕《ぼく》は好《す》きにさせてもらう。安心《あんしん》しなよ、夜空《よぞら》が望《のぞ》んだ通《とお》りにするから」

「……勝手《かって》にしろ」

夜空《よぞら》くんは苦虫《にがむし》をかみつぶしたみたいな顔《かお》をして出《で》ていってしまった。

私《わたし》は朝陽《あさひ》くんを見《み》る。

「ねえ、ケンカの原因《げんいん》はなんなの?」

兄弟《きょうだい》の問題《もんだい》に私《わたし》が首《くび》をつっこんでいいのかわからないけど、何《なに》も聞《き》かないなんて無理《むり》だよ。

「たいしたことじゃないよ。……夜空《よぞら》のやつ、こっちは言《い》われなくても本気《ほんき》だってのに」

何《なに》を言《い》ってるのかはわからなかったけど、朝陽《あさひ》くんがこんなにわかりやすく怒《おこ》ってるのを見《み》たのは、初《はじ》めてかも。

「夜空《よぞら》のことは、気《き》にしないで。それよりも、幸奈《ゆきな》ちゃんにお願《ねが》いがあるんだ」

「お願《ねが》い？」

「今度学校《こんどがっこう》でパーティーがあるのは知《し》ってるよね。パーティーでは僕《ぼく》に幸奈《ゆきな》ちゃんをエスコートさせてくれないかな」

「えっ？　あ、朝陽《あさひ》くんが、私《わたし》を？」

まさか朝陽《あさひ》くんの方《ほう》から誘《さそ》ってくるなんて。あ、でもこれって。

「もしかして、私達《わたしたち》が付《つ》き合《あ》ってるっていうウワサのせい？」

「そうじゃないんだけど……まあここでアピールできたら、僕《ぼく》としては都合《つごう》がいいんだけどね」

「え？　でもそんなことをしたら、後《あと》で誤解《ごかい》を解《と》くのが難《むずか》しくならない？」

付《つ》き合《あ》ってるのは、あくまでフリ。ほとぼりが冷《さ》めたら、みんなに本当《ほんとう》のことを打《う》ち明《あ》ける。

そう、思《おも》っていたけど……。

「そのことなんだけど、誤解《ごかい》じゃなくなればいいんじゃないかな」

「それって、どういう意味《いみ》？」

「ここまで言《い》ってもまだわからない？　幸奈《ゆきな》ちゃんってばホントに鈍感《どんかん》なんだから」

そ、それって……。

す、すごく図々《ずうずう》しいことかもしれないけど。ひょっとして朝陽《あさひ》くん、私《わたし》のことを……。

あまりの急展開《きゅうてんかい》に、心臓《しんぞう》がこわれそうなくらいドキドキする。

だけどそんな私《わたし》を見《み》て、朝陽《あさひ》くんはクスリと笑《わら》った。

「……なんてね。どう、ビックリした？」

「えっ……あ、朝陽《あさひ》くーん！」

イタズラっぽく笑《わら》う朝陽《あさひ》くんを見《み》て、張《は》りつめていた空気《くうき》が一気《いっき》にやわらいだ。

もう、からかうなんてひどいよ！

「ごめんね。幸奈《ゆきな》ちゃんの困《こま》ってる顔《かお》がかわいくてつい。けど、エスコートしたいのは本《ほん》当《とう》だよ」

優《やさ》しく笑《わら》う朝陽《あさひ》くん。だけどさっきの悲《かな》しそうな夜空《よぞら》くんの顔《かお》が、頭《あたま》をよぎる。

ど、どうしよう。誘《さそ》ってくれたのはうれしいけど、本当《ほんとう》に受《う》けていいのかな……。

「ダメ……かな？」

「──っ！　ううん、私《わたし》でよければ、お願《ねが》いできる？」

迷《まよ》ったけど、朝陽《あさひ》くんの好意《こうい》を、むげにするなんてできない。

これで、いいんだよね？

だけど胸《むね》のモヤモヤは晴《は》れずに、ツラそうな夜空《よぞら》くんの顔《かお》が、頭《あたま》から離《はな》れなかった。

夕也《ゆうや》くんのひとめぼれ

エスコートの相手《あいて》が朝陽《あさひ》くんに決《き》まって、ドレスも虹華《にじか》さんが張《は》り切《き》って用意《ようい》してくれている。

パーティーに向《む》けての準備《じゅんび》は順調《じゅんちょう》。

ただあの日《ひ》から夜空《よぞら》くんとはまともに話《はな》せていなくて、顔《かお》を合《あ》わせてもあいさつをする程度《ていど》。

しかもそれもなんだかぎこちなくて、まるで最初《さいしょ》の頃《ころ》に戻《もど》っちゃったみたい。

そうしているうちに時間《じかん》はどんどん過《す》ぎていって、あっという間《ま》にパーティー当日《とうじつ》。

白神家《しらかみけ》では私《わたし》と、それに真子《まこ》が、虹華《にじか》さんにドレスアップしてもらっていた。

「どう真子《まこ》ちゃん、ドレスきつくない？」

「はい、ピッタリです。それより、本当《ほんとう》にいいんですか？　私《わたし》のドレスまで用意《ようい》してもらっちゃって」

「いいのいいの。幸奈《ゆきな》ちゃんの友達《ともだち》なら、私《わたし》の娘《むすめ》も同然《どうぜん》だもの」

どうやら虹華《にじか》さんは、ずいぶん娘《むすめ》の範囲《はんい》が広《ひろ》いみたい。

最初《さいしょ》は、ドレスがないから参加《さんか》できないって言《い》ってた真子《まこ》だったけど。

虹華《にじか》さんに真子《まこ》のことを話《はな》したら、真子《まこ》の分《ぶん》のドレスも用意《ようい》するから連《つ》れてきてって言《い》われたの。

けど、本当《ほんとう》にきれい。

真子《まこ》が着《き》ているのはブルーのドレス。いつもはストレートに伸《の》ばしている長《なが》い髪《かみ》が、今《いま》は編《あ》み込《こ》まれている。

さらに、ぶ厚《あつ》かった眼鏡《めがね》はコンタクトに。真子《まこ》ってばコンタクトにした方《ほう》が美人《びじん》がきわ立《だ》つんだけど、普段《ふだん》は目《め》に入《い》れるのが怖《こわ》いからって、眼鏡《めがね》をかけているんだよね。

私《わたし》も淡《あわ》いピンクのドレスに着替《きが》えて、準備《じゅんび》は万全《ばんぜん》!

「幸奈《ゆきな》ちゃんも、それに真子《まこ》ちゃんも、とってもよく似合《にあ》ってるわ。うちは男兄弟《おとこきょうだい》ばかりだから、着《き》せ替《か》えがいがないのよねえ」

ちなみに夜空《よぞら》くん達《たち》はすでに、会場《かいじょう》である学園《がくえん》に向《む》かっている。

一緒《いっしょ》に行《い》ってもよかったんだけど、会場《かいじょう》でドレス姿《すがた》を見《み》せてビックリさせようっていう虹華《にじか》さんの提案《ていあん》で、強制的《きょうせいてき》に家《いえ》を追《お》い出《だ》されちゃったの。

前々《まえまえ》から思《おも》ってたけど、どうやら白神家《しらかみけ》では虹華《にじか》さんが最強《さいきょう》みたい。

「そういえば幸奈《ゆきな》、朝陽《あさひ》くんにエスコートしてもらうんだよね。夜空《よぞら》くんじゃないんだ」

「あ、当《あ》たり前《まえ》だよ。だから安心《あんしん》して」

「安心《あんしん》って、何《なに》に？」

「そりゃあ……」

真子《まこ》は夜空《よぞら》くんに、エスコートしてもらうんでしょ。

大丈夫《だいじょうぶ》、ちゃんとわかってるから。

そう思《おも》っていると、虹華《にじか》さんがたずねる。

「真子《まこ》ちゃんは、誰《だれ》にエスコートしてもらうの？」

「私《わたし》ですか？　私《わたし》は一人《ひとり》です。エスコートしてくれる相手《あいて》がいなくても、パーティーは楽《たの》しめますし」

「あらそうなの？　真子《まこ》ちゃんこんなにかわいいのに、みんな見《み》る目《め》ないわねえ」

なにげない虹華《にじか》さんと真子《まこ》の会話《かいわ》。

だけどそれを聞《き》いて、私《わたし》は衝撃《しょうげき》が走《はし》った。

え？　ええっ⁉

ウ、ウソでしょ。てっきり夜空《よぞら》くんにエスコートしてもらうって思《おも》っていたのに。
夜空《よぞら》くん、真子《まこ》を誘《さそ》ってなかったの？　それともまさか、誘《さそ》っても断《ことわ》られちゃったとか？

一瞬《いっしゅん》のうちにいろんな考《かんが》えが浮《う》かんだけど、本当《ほんとう》のところはわからない。

真子《まこ》はパートナーがいなくても平気《へいき》そうだけど……夜空《よぞら》くんは今《いま》、どんな気持《きも》ちでいるんだろう？

「ごめん、ちょっと席外《せきはず》すね」

真子《まこ》と虹華《にじか》さんを残《のこ》して、急《いそ》いで部屋《へや》を出《で》る。

夜空《よぞら》くんがどう思《おも》っているか、確《たし》かめなきゃ。

連絡《れんらく》を取《と》ろうと、急《いそ》いでスマホの置《お》いてあるリビングに行《い》くと……。

「あれ、夕也《ゆうや》くん？」

「あ、幸奈《ゆきな》」

いたのは、黒《くろ》いスーツ姿《すがた》の夕也《ゆうや》くん。先《さき》に会場《かいじょう》入《い》りしてるはずなのに……。

「へー、そのドレス似合《にあ》ってるじゃん」

「あ、ありがとう。けど夕也《ゆうや》くん、先《さき》に学校《がっこう》に行《い》ったんじゃなかったの？」

「サボったんだよ。パーティーなんてつまんないし。サッカーの練習《れんしゅう》してた方《ほう》が、よっぽどいいよ」

この様子《ようす》だと、パーティーには全然興味《ぜんぜんきょうみ》ないみたい。

それより今《いま》は夜空《よぞら》くん。

テーブルの上《うえ》に置《お》いてあった自分《じぶん》のスマホを取《と》って、夜空《よぞら》くんのスマホに電話《でんわ》をかける。

だけど。

ブー、ブー！

ソファの上《うえ》からバイブ音《おん》が聞《き》こえたと思《おも》ったら、そこには夜空《よぞら》くんのスマホがあった。

もしかして、置《お》いていっちゃったの？

「夜空兄《よぞらにい》、スマホ忘《わす》れたみたいだね。なんか用事《ようじ》だったの？」

「うん、ちょっとね」

連絡《れんらく》が取《と》れない以上《いじょう》、こうなったら会場《かいじょう》でさがすしかない。

そう思《おも》ったその時《とき》、開《あ》けっぱなしになっていたドアから、かわいくドレスアップした真子《まこ》が入《はい》ってきた。

「幸奈《ゆきな》お待《ま》たせー。ヘアピンの位置《いち》決《き》めるのに手間《てま》取《ど》っちゃった……あら？」

夕也《ゆうや》くんを見《み》て、真子《まこ》は足《あし》を止《と》める。

そういえば、夕也《ゆうや》くんとは初《はじ》めて会《あ》うんだっけ。

「紹介《しょうかい》するね。この子《こ》は、夜空《よぞら》くんや朝陽《あさひ》くんの弟《おとうと》の夕也《ゆうや》くん。天乃原学園中等部《あまのはらがくえんちゅうとうぶ》の、一年生《いちねんせい》なんだけど……って、夕也《ゆうや》くん？」

紹介《しょうかい》の途中《とちゅう》だったけど、夕也《ゆうや》くんの様子《ようす》を見《み》て中断《ちゅうだん》する。

だって夕也《ゆうや》くん、目《め》を見開《みひら》いたまま固《かた》まっちゃって、ピクリとも動《うご》かないんだもの。

「夕也《ゆうや》くん？　おーい夕也《ゆうや》くーん。どうしたのー？」

「はっ！　ゆ、幸奈《ゆきな》。こ、この人《ひと》は誰《だれ》⁉」

「同《おな》じクラスの真子《まこ》だよ。これから一緒《いっしょ》にパーティーに行《い》くんだけど……夕也《ゆうや》くん？」

夕也《ゆうや》くんは私《わたし》が言《い》い終《お》わる前《まえ》に真子《まこ》の前《まえ》に出《で》て、背筋《せすじ》をピンと伸《の》ばした。

「あ、あの。ボク、白神夕也《しらかみゆうや》って言《い》います！」

「うん、一年生《いちねんせい》の夕也《ゆうや》くんだよね」

「え、ボクのこと知《し》ってるんですか？」

「有名《ゆうめい》だからね。それに私《わたし》、よく図書室《としょしつ》で勉強《べんきょう》してるんだけど、グラウンドでサッカーやってるの見《み》るよ。いつも練習一生懸命《れんしゅういっしょうけんめい》で、すごいなあって思《おも》ってたの」

「――っ！　ま、真子《まこ》さん。もしよろしければ今夜《こんや》のパーティー、一緒《いっしょ》に行《い》きませんか？」

「え？」

ええーっ!?

あまりの急展開《きゅうてんかい》に、私《わたし》も真子《まこ》も目《め》を丸《まる》くする。

こ、これはもしかしなくても、夕也《ゆうや》くん真子《まこ》に、ひとめぼれしちゃった？

真子《まこ》はかわいいし、今《いま》はドレスアップしてるから特別《とくべつ》きれいだけど。

で、でも待《ま》って夕也《ゆうや》くん。真子《まこ》には、夜空《よぞら》くんがいるんだよ……。

「えーと、どうして私《わたし》を？」

「ボ、ボク、エスコートする相手《あいて》がいなくて。せっかくのパーティーなのに、それじゃあつまらないというか……。あ、でも決《けっ》して、いい加減《かげん》な気持《きも》ちで真子《まこ》さんを誘《さそ》ってるんじゃありませんから！」

夕也《ゆうや》くん、ついさっきパーティーなんてつまらないって、サボろうとしてたのに。

顔《かお》を真《ま》っ赤《か》にしながら、真子《まこ》から目《め》をそらせずにいる。

「……ダメでしょうか？」

「ううん。私《わたし》も一緒《いっしょ》に回《まわ》る相手《あいて》いなかったしね。夕也《ゆうや》くんさえよければ、よろしくね」

「――っ！　ありがとうございます！」

目《め》をかがやかせる夕也《ゆうや》くん。

けど待《ま》って。真子《まこ》はオーケーしちゃったけど、それじゃあ夜空《よぞら》くんはどうなるの⁉

「ま、真子《まこ》、本当《ほんとう》にいいの？」

「うん。夕也《ゆうや》くん、きっと女《おんな》の子《こ》とパーティーに行《い》くのにあこがれてるんだね。かわいい」

うーん、真子《まこ》は夕也《ゆうや》くんの気持《きも》ちに、気《き》づいてないみたい。あんなにわかりやすかったのに。

なんて言《い》えばいいかわからずにいると、今《こん》度《ど》は虹華《にじか》さんが部屋《へや》に入《はい》ってくる。

「あら夕也《ゆうや》、まだ行《い》ってなかったの？　しょうがないわねえ、今車《いまくるま》を呼《よ》んだから、幸奈《ゆきな》ちゃん真子《まこ》ちゃんと一緒《いっしょ》に行《い》きなさい」

「わかったよ。真子《まこ》さん、こっちに」

「ふふっ、ありがとう」

いつものヤンチャな夕也《ゆうや》くんとはまるで別人《べつじん》みたいに、真子《まこ》をエスコートしていく。

その変《か》わりようにおどろいたけど、やっぱり気《き》になるのは夜空《よぞら》くん。

真子《まこ》を夕也《ゆうや》くんにとられちゃったけど、これってもしかして、兄弟内《きょうだいない》で三角関係勃発《さんかくかんけいぼっ》《ぱつ》ってこと⁉︎

まさかの展開《てんかい》の連続《れんぞく》に、頭《あたま》の中《なか》は大混乱《だいこんらん》。

今日《きょう》のパーティー、いったいどうなっちゃうんだろう？

背中《せなか》を押《お》されて

パーティーがあるのは、学校《がっこう》の敷地内《しきちない》にある大《おお》きな館《やかた》。

イベントの時《とき》に使《つか》う建物《たてもの》だそうで、こんなものがあるなんて、さすが天乃原学園《あまのはらがくえん》だ。

玄関《げんかん》から中《なか》に入《はい》ると、そこは吹《ふ》き抜《ぬ》けの大《おお》きなホールになっていて、一階《いっかい》にはいつもの制服《せいふく》とは違《ちが》う正装《せいそう》を身《み》につけた、天乃原《あまのはら》の生徒《せいと》がいる。

そして二階《にかい》を見上《みあ》げると、来賓《らいひん》の方《かた》と思《おぼ》しき人《ひと》たちが、あいさつを交《か》わしているのが見《み》えた。

こういうのが、社交界《しゃこうかい》っていうのかな？

天乃原生《あまのはらせい》が、すでにあちこちでグループを作《つく》って談笑《だんしょう》している。

そんな中《なか》に、真子《まこ》は夕也《ゆうや》くんに手《て》を引《ひ》かれながら入《はい》り、虹華《にじか》さんはそれを見《み》ながら、

「あらあら」と笑《わら》っていた。

「まさか夕也《ゆうや》がねえ。お母《かあ》さんはうれしいわ」

二人《ふたり》の様子《ようす》を見《み》つめながら、幸《しあわ》せそうに顔《かお》をほころばせる虹華《にじか》さん。

そんな虹華《にじか》さんも、来賓《らいひん》として呼《よ》ばれてるんだけど……。

「あら、あそこにいるのは朝陽《あさひ》と……孝蔵会長《こうぞうかいちょう》？」

「え？」

見《み》ると会場《かいじょう》の端《はし》にはたしかに、朝陽《あさひ》くんと私《わたし》のおじいさん、孝蔵会長《こうぞうかいちょう》の姿《すがた》があった。

「あいさつをしておいた方《ほう》がいいわね。幸奈《ゆきな》ちゃん行《い》きましょう。夕也《ゆうや》、真子《まこ》ちゃんをしっかりエスコートするのよ」

「わかってるよ」

「幸奈《ゆきな》、しっかりね」

二人《ふたり》に見送《みおく》られて朝陽《あさひ》くんと孝蔵会長《こうぞうかいちょう》のところに行《い》くと、向《む》こうも私達《わたしたち》に気《き》づいた。

「こんばんは、孝蔵会長《こうぞうかいちょう》」

「これはこれは白神《しらかみ》さん。今《いま》ご子息《しそく》と話《はなし》をしていたところです。幸奈《ゆきな》、白神《しらかみ》さんがたに失《しっ》礼《れい》はしていないだろうな」

「は、はい」

するどい目《め》を向《む》けられて思《おも》わず小《ちい》さくなったけど、朝陽《あさひ》くんがポンと肩《かた》に手《て》を置《お》いてくれる。

「とんでもありません。幸奈《ゆきな》ちゃんには、大変《たいへん》よくしてもらっていますよ」

「うむ。それにしても、最初話《さいしょはなし》を持《も》ちかけられたときはさすがにおどろいたが、これはなかなか。順調《じゅんちょう》そうで何《なに》よりだ。その調子《ちょうし》で頼《たの》むぞ」

ご機嫌《きげん》そうに笑《わら》う孝蔵会長《こうぞうかいちょう》だけど、さっきから私《わたし》に向《む》ける目《め》は、どこか冷《つめ》たい。

やっぱり、この人《ひと》は苦手《にがて》だ。

「さあさあ会長《かいちょう》。私達《わたしたち》がいたら、幸奈《ゆきな》ちゃんも緊張《きんちょう》しますよ。どうぞあちらに」

「うむ」

虹華《にじか》さんが孝蔵会長《こうぞうかいちょう》を連《つ》れていってくれてホッとした。

そうだ。そういえば、夜空《よぞら》くんはどうしてるだろう？　真子《まこ》は夕也《ゆうや》くんのパートナーになっちゃったけど……。

「誰《だれ》かさがしてるの？」

キョロキョロしていると、朝陽《あさひ》くんが聞《き》いてくる。

「幸奈《ゆきな》ちゃんをエスコートするのは僕《ぼく》なんだから、僕《ぼく》だけを見《み》てよ」

ニコッと笑《わら》って、私《わたし》の手《て》を優《やさ》しく取《と》る。

「孝蔵会長《こうぞうかいちょう》から聞《き》いたよ、結婚《けっこん》の件《けん》。幸奈《ゆきな》ちゃんがうちに来《き》たのには、そんな理由《りゆう》があったんだね」

「――っ！」

ナイショにしてたのに、しゃべっちゃったの⁉

「だ、黙《だま》っててごめん。それに、関係《かんけい》ない朝陽《あさひ》くん達《たち》を巻《ま》き込《こ》んじゃって」

「なに言《い》ってるの。一番大変《いちばんたいへん》なのは、幸奈《ゆきな》ちゃんでしょ。うちもたいがい、家《いえ》や立場《たちば》のせいで面倒《めんどう》なことは多《おお》いけど、孝蔵会長《こうぞうかいちょう》のあれはない。いい子《こ》ぶってる仮面《かめん》が、外《はず》れるとこだったよ」

そう言《い》って、不機嫌《ふきげん》そうに顔《かお》をゆがませる。

前《まえ》に虹華《にじか》さんも言《い》ってた通《とお》り、朝陽《あさひ》くんもきゅうくつな思《おも》いをしてたのかな。

「まあ結婚《けっこん》の件《けん》は、ありがたくもあるけどね。おかげで、僕《ぼく》にもチャンスがあるんだから」

「え？　それってどういう……」

「幸奈《ゆきな》ちゃん。結婚《けっこん》の相手《あいて》、僕《ぼく》にしない？」

……………え？

時《とき》が止《と》まった。

会場内《かいじょうない》はたくさんの人《ひと》がいてにぎやかなはずなのに、すべての音《おと》が遠《とお》くに聞《き》こえる。

あ、朝陽《あさひ》くんにするって……。

「ま、待《ま》って。私《わたし》の問題《もんだい》に、朝陽《あさひ》くんが付《つ》き合《あ》うことないよ。それに、虹華《にじか》さんが言《い》ってくれたの。結婚《けっこん》の話《はなし》は時間《じかん》を稼《かせ》ぐためで、嫌《いや》なら無理《むり》にしなくてもいいって」

「幸奈《ゆきな》ちゃんは、僕《ぼく》じゃ嫌《いや》なの？」

「そ、そんなこと……」

あ、朝陽《あさひ》くんと結婚《けっこん》なんて、おそれ多《おお》すぎるよ。

けど……。

「気《き》づいてなかったかもしれないけど、僕《ぼく》は幸奈《ゆきな》ちゃんのことが好《す》きだよ。ちょっとおせっかいだけど、まっすぐで友達思《ともだちおも》いな君《きみ》が」

「え……えぇーっ!?」

いきなりの告白《こくはく》に、頭《あたま》の中《なか》がボンって爆発《ばくはつ》する。

「僕《ぼく》なら幸奈《ゆきな》ちゃんを、幸《しあわ》せにする自信《じしん》もある。それでも、ダメかな？」

とびきり情熱的《じょうねつてき》な朝陽《あさひ》くんを前《まえ》に、言葉《ことば》を失《うしな》って立《た》ちつくす。

あ、朝陽《あさひ》くんが私《わたし》のことを好《す》き？

一瞬《いっしゅん》、同情《どうじょう》や気《き》づかいなんじゃって思《おも》ったけど、まっすぐに見《み》つめる優《やさ》しい目《め》。

きっと、生半可《なまはんか》な気持《きも》ちで言《い》ってるんじゃない。

けど、どうすればいいの？

私《わたし》だって、朝陽《あさひ》くんのことは素敵《すてき》だって思《おも》うよ。でも……。

浮《う》かんできたのは、朝陽《あさひ》くんと瓜二《うりふた》つだけど違《ちが》う、夜空《よぞら》くんの顔《かお》。

今目《いまめ》の前《まえ》にいるのは朝陽《あさひ》くんなのに、どうして……。

「……やっぱり、夜空《よぞら》のことが好《す》き？」

「え？」

まるで心《こころ》を読《よ》んだみたいに、朝陽《あさひ》くんが言《い》ってきた。

「ど、どうしてそこで夜空《よぞら》くんが？」

「そりゃあね。さっきだって夜空《よぞら》のことを気《き》にしてたし。それに、自分《じぶん》で気《き》づいてなかった？　君《きみ》は僕達兄弟《ぼくたちきょうだい》のこと呼《よ》ぶとき、『夜空《よぞら》くん達《たち》』って言《い》ってるんだよ」

そ、そうだったっけ？

自分《じぶん》のことなのに……ううん、自分《じぶん》のことだから、わかってなかったのかもしれない。

私《わたし》って、そんなに夜空《よぞら》くんのことを意識《いしき》してたの？

すると朝陽《あさひ》くんが、さみしそうに笑《わら》う。

「あーあ、急《いそ》がずに外堀《そとぼり》から埋《う》めていくつもりだったんだけどなあ。けど結局《けっきょく》我慢《がまん》できなくなって告白《こくはく》してフラれるなんて、僕《ぼく》らしくないな」

「ごめん……。って、私《わたし》フッてなんか……」

「じゃあ、僕《ぼく》の気持《きも》ちに応《こた》えてくれる？　夜空《よぞら》じゃなくて、僕《ぼく》を選《えら》べる？」

じっと私《わたし》を見《み》る朝陽《あさひ》くん。

何《なに》か言《い》わなくちゃいけないのに、言葉《ことば》が出《で》てこない。

「行《い》きなよ、夜空《よぞら》のところに」

「──っ！　で、でも夜空《よぞら》くんには、他《ほか》に好《す》きな人《ひと》がいて……」

「誰《だれ》の話《はなし》？　何《なに》を勘違《かんちが》いしてるのか知《し》らないけどさ。夜空《よぞら》に好《す》きな人《ひと》がいたら、君《きみ》はあきらめられるの？」

「それは……」

「行《い》って。そして僕《ぼく》を、あきらめさせてよ」

──っ！

朝陽《あさひ》くんの気持《きも》ちが、痛《いた》いほどよくわかる。

私《わたし》も夜空《よぞら》くんと真子《まこ》がくっついてくれればあきらめられるって、心《こころ》のどこかで思《おも》ってたから。

けど、これじゃあダメだよね。

孝蔵会長《こうぞうかいちょう》との約束《やくそく》とか、迷惑《めいわく》になるかもとかゴチャゴチャ考《かんが》えてたけど、私《わたし》は一番大事《いちばんだいじ》なことから目《め》をそらしていたのかも。

好《す》きだから……だから、どんな結果《けっか》になったっていい。

朝陽《あさひ》くんがしたみたいに、私《わたし》も夜空《よぞら》くんに、この気持《きも》ちを伝《つた》えたいよ。

「ありがとう、朝陽《あさひ》くん。私《わたし》、夜空《よぞら》くんをさがしてくる」

「うん、それでこそ君《きみ》だよ。まっすぐなお姫様《ひめさま》」

朝陽《あさひ》くんに背中《せなか》を押《お》されて、私《わたし》は歩《ある》き出《だ》す。

大好《だいす》きな人《ひと》に、想《おも》いを伝《つた》えるために。

幸奈《ゆきな》だけはわたさない【夜空《よぞら》side《サイド》】

ホールの奥《おく》では、生徒会《せいとかい》が手配《てはい》した楽団《がくだん》が、準備《じゅんび》を始《はじ》めている。

この後《あと》、楽団《がくだん》の演奏《えんそう》が始《はじ》まるわけだけど、俺《おれ》は離《はな》れたところからその様子《ようす》を、兄貴《あにき》の晴《はる》翔《と》と一緒《いっしょ》に見《み》ている。

今俺達《いまおれたち》がいるのは、本来生徒《ほんらいせいと》のいる一階《いっかい》ではなく、二階《にかい》にあるギャラリー席《せき》。

主《おも》に来賓《らいひん》の人達《ひとたち》が生徒《せいと》の様子《ようす》を見《み》るための席《せき》なんだけど、生徒会長《せいとかいちょう》である兄貴《あにき》の特権《とっけん》を使《つか》って、ここにいさせてもらってる。

早《はや》い話《はなし》が、二人《ふたり》してサボってるんだ。

「パーティー、始《はじ》まったな。夜空《よぞら》は、行《い》かなくていいのか？」

「俺《おれ》がこういうの興味《きょうみ》ないこと、知《し》ってるだろ。それより兄貴《あにき》、生徒会長《せいとかいちょう》がサボっていいのかよ」

「べつにサボってはいないさ。何《なに》か問題《もんだい》が起《お》きてないかここから見守《みまも》るのも、生徒会長《せいとかいちょう》のつとめ……ん？　夕也《ゆうや》が女《おんな》の子《こ》と一緒《いっしょ》にいるなあ」

「は？　アイツ、やっぱり面倒《めんどう》だからって途中《とちゅう》で引《ひ》き返《かえ》したんじゃ……」

だけど一階《いっかい》を見《み》ると、たしかに夕也《ゆうや》がいた。しかも一緒《いっしょ》にいるのは……佐伯《さえき》？

いつもかけている眼鏡《めがね》を外《はず》してドレスアップしてるからだいぶ印象《いんしょう》は変《か》わってるけど、やっぱり佐伯《さえき》だ。

いったいどういう組《く》み合《あ》わせだよ？

「夕也《ゆうや》のやつ、やるなあ」

兄貴《あにき》は笑《わら》ってるけど、佐伯《さえき》がいるってことは、幸奈《ゆきな》ももう来《き》てるってことか？

きっと今頃《いまごろ》、朝陽《あさひ》にエスコートされているんだろうな。

そうするよう、俺《おれ》が朝陽《あさひ》に頼《たの》んだ。悔《くや》しいけど、幸奈《ゆきな》が朝陽《あさひ》のことが好《す》きなら、それが一番《いちばん》だって思《おも》ったから。

けど会場内《かいじょうない》を見《み》ても……二人《ふたり》がいない？

「兄貴《あにき》、幸奈《ゆきな》と朝陽《あさひ》はいるか？」

「いや、俺《おれ》も気《き》になってるんだけどな」

二人《ふたり》して目《め》を皿《さら》のようにしながら一階《いっかい》を見《み》たけど、やっぱりいない。するとその時《とき》。

「おい、幸奈《ゆきな》はどこへ行《い》った？　どこにもいないじゃないか」

聞《き》こえてきた声《こえ》に振《ふ》り向《む》くと……孝蔵会長《こうぞうかいちょう》？

幸奈《ゆきな》のじいさんが秘書《ひしょ》と思《おも》われる男性相手《だんせいあいて》に、不機嫌《ふきげん》そうに何《なに》か言《い》ってる。

さらにその隣《となり》には母《かあ》さんもいて、孝蔵会長《こうぞうかいちょう》をなだめている。

「なあ、あれヤバくないか？」

「ああ。マズイな。ここで会長《かいちょう》の機嫌《きげん》をそこねたら、幸奈《ゆきな》ちゃんがどうなるか」

……って、こう言《い》うってことは、兄貴《あにき》も幸奈《ゆきな》の事情《じじょう》を知《し》ってるのか。

けどほんとマズイぞ。幸奈《ゆきな》、それに朝陽《あさひ》も、何《なに》やってるんだ。

だけどその時《とき》。

「夜空《よぞら》、こんなところで何《なに》やってんのさ」

……は？

たった今思《いまおも》ったことを、そのまま返《かえ》すような声《こえ》。

振《ふ》り向《む》くとそこには、不満《ふまん》そうな顔《かお》をした朝陽《あさひ》が立《た》っていた。

「お前《まえ》、なんでここに？」

「それはこっちのセリフ。サボってこんなところにいるなんてね」

「俺《おれ》のことはどうでもいいだろ。それより、幸奈《ゆきな》はどうしたんだよ」

「さあ。でも会場《かいじょう》のどこかにいるのはたしかだから、さがしてみたら？」

「お前《まえ》！」

「待《ま》て夜空《よぞら》」

思《おも》わずつかみかかろうとする俺《おれ》を、兄貴《あにき》が止《と》める。

「落《お》ち着《つ》けって。けど朝陽《あさひ》、ほんと何《なに》があったんだ？　幸奈《ゆきな》ちゃんをエスコートするんじゃなかったのか？」

「いろいろあってね。けど、夜空《よぞら》に文句《もんく》を言《い》われる筋合《すじあ》いはないよ。勝手《かって》にしろって言《い》ったのは、夜空《よぞら》じゃないか」

たしかに言《い》ったけど、それはほったらかしにしていいってことじゃない。

つーかこの状況《じょうきょう》。夕也《ゆうや》は佐伯《さえき》といるし、俺《おれ》をふくめた兄弟《きょうだい》の三人《さんにん》はここにいる。なら、本当《ほんとう》に幸奈《ゆきな》は一人《ひとり》じゃねーか。

このパーティーでうまくやってることを、孝蔵会長《こうぞうかいちょう》にアピールしなきゃいけないのに。

「気《き》になるなら、さがしてくれれば？」

「それはお前《まえ》の役目《やくめ》だろ！」

「いつまでそうやって人任《ひとまか》せにする気《き》？　そんなに幸奈《ゆきな》ちゃんが大事《だいじ》なら、自分《じぶん》がなんとかしなよ」

「お前《まえ》！」

言《い》い返《かえ》そうとしたけど、できなかった。

悔《くや》しいけど、朝陽《あさひ》の言《い》ってることは間違《まちが》っちゃいない。

幸奈《ゆきな》を放《ほう》って、俺《おれ》は何《なに》をやっているんだ。

「どうする？　お姫様《ひめさま》のピンチなのに、じっとしてるつもり？」

「――っ！　んなわけねーだろ。幸奈《ゆきな》はどこだ！」

「さっきは、会場《かいじょう》の入《い》り口近《ぐちちか》くにいたかな」

なら、ひょっとして外《そと》に出《で》たのか？

こうしちゃいられない。

いてもたってもいられず、急《いそ》いでかけ出《だ》そうとすると……。

「夜空《よぞら》」

「なんだよ」

「チャンスをやるのは、一度《いちど》だけだよ。もしもまた幸奈《ゆきな》ちゃんを悲《かな》しませたら、今度《こんど》こそ本気《ほんき》で奪《うば》いにいくから」

朝陽《あさひ》は悔《くや》しそうな目《め》で、俺《おれ》を見《み》る。

……いつ以来《いらい》だろうな。朝陽《あさひ》とこうやって、本気《ほんき》で向《む》き合《あ》ったのは。

俺《おれ》も朝陽《あさひ》も、他人《たにん》に自分達《じぶんたち》のことを比《くら》べられるのをよしとしない。

そのせいでいつの間《ま》にかお互《たが》い距離《きょり》を置《お》いて、干渉《かんしょう》しないのが、暗黙《あんもく》の了解《りょうかい》になっていたけど。

今回《こんかい》だけは、目《め》をそらさずに答《こた》える。

「ああ、わかったよ。けど幸奈《ゆきな》だけは、絶対《ぜったい》にわたさないからな！」

朝陽《あさひ》だけじゃなく、自分《じぶん》にも言《い》い聞《き》かせながら、俺《おれ》はかけ出《だ》した。

星空《ほしぞら》の下《した》で

会場《かいじょう》の外《そと》に出《で》てみると、空《そら》には星《ほし》と月《つき》が浮《う》かんでいる。

夜空《よぞら》くんが見《み》つからないから、もしかしたら外《そと》にいるのかもって思《おも》って出《で》てきたけど。

夜空《よぞら》くんどころか、一人《ひとり》の生徒《せいと》の姿《すがた》すらない。

やっぱり、中《なか》にいるのかな？　しょうがない、戻《もど》ろう。

だけど、そう思《おも》ったその時《とき》……。

「幸奈《ゆきな》！」

「え？」

聞《き》こえたのは、今一番《いまいちばん》会《あ》いたいと思《おも》っていた人《ひと》の声《こえ》。

振《ふ》り返《かえ》るとそこには息《いき》を切《き》らした、スーツ姿《すがた》の夜空《よぞら》くんがいた。

「よ、夜空《よぞら》くん!?」

彼《かれ》の姿《すがた》を見《み》た瞬間《しゅんかん》、全身《ぜんしん》の血《ち》が沸騰《ふっとう》したみたいに熱《あつ》くなる。

どうしよう。さっきまで会《あ》いたくて仕方《しかた》なかったはずなのに、いざ目《め》の前《まえ》にすると何《なに》を話《はな》せばいいかわからないよ……。

「行《い》くぞ、幸奈《ゆきな》」

「えっ？」

「来賓席《らいひんせき》で孝蔵会長《こうぞうかいちょう》が、幸奈《ゆきな》がいないって騒《さわ》いでる。機嫌《きげん》をそこねたらヤバいんだろ」

そうだ。夜空《よぞら》くんのことで頭《あたま》がいっぱいで、孝蔵会長《こうぞうかいちょう》のこと忘《わす》れてた！

というか夜空《よぞら》くん……。

「か、会長《かいちょう》さんと私《わたし》のこと、知《し》ってるの？」

「全部《ぜんぶ》知《し》ってる。今《いま》からでも行《い》って、孝蔵会長《こうぞうかいちょう》にアピらねーとマズイだろ。……エスコートするのが俺《おれ》じゃあ、不満《ふまん》かもしれねーけど」

不満《ふまん》なんてそんな！

あわてて首《くび》を横《よこ》に振《ふ》ったけど、そんなことよりも……。

「けど、夜空《よぞら》くんはいいの？　ま、真子《まこ》と一緒《いっしょ》にいなくて」

「は？　なんでそこで佐伯《さえき》が出《で》てくるんだよ？」

「なんでって……夜空《よぞら》くん、真子《まこ》のこと好《す》きなんじゃ……」

「はぁっ？」

目《め》を見開《みひら》いて、声《こえ》を上《あ》げる夜空《よぞら》くん。

なんか、思《おも》ってた反応《はんのう》と違《ちが》うんだけど！

「なんでそうなる？　そりゃあ佐伯《さえき》はいいやつだけど、そういうんじゃなくて……ああっ、もう！」

夜空《よぞら》くんはまっすぐ私《わたし》を見《み》つめてきて、告《つ》げる。

「俺《おれ》が好《す》きなのは、幸奈《ゆきな》だけだ！　初《はじ》めて会《あ》った時《とき》からずっと！」

——っ⁉

雷《かみなり》に打《う》たれたような衝撃《しょうげき》が走《はし》る。

き、聞《き》き違《ちが》いじゃないよね。夜空《よぞら》くんが、私《わたし》を好《す》きって。

「幸奈《ゆきな》は朝陽《あさひ》のことが好《す》きだとしても、俺《おれ》は……」

「わーっ、待《ま》って待《ま》って！　それ誤解《ごかい》だから！　実《じつ》は……」

もう、言《い》ってもいいよね。

朝陽《あさひ》くんと付《つ》き合《あ》ってることになった経緯《けいい》を、一《ひと》つ一《ひと》つ説明《せつめい》していく。

夜空《よぞら》くんは私《わたし》の話《はなし》を聞《き》いているうちにおどろいたような、だけどどこかホッとしたような顔《かお》になって、天《てん》をあおいだ。

「マジか……なら、あのウワサは全部《ぜんぶ》ウソだったのか？　本当《ほんとう》に朝陽《あさひ》のことが、好《す》きなわけじゃないんだな」

「違《ちが》うよ。わ、私《わたし》が好《す》きなのは……よ、夜空《よぞら》くんなの！」

胸《むね》に秘《ひ》めていた想《おも》いを解《と》き放《はな》つ。

声《こえ》はふるえて、体中《からだじゅう》が緊張《きんちょう》で固《かた》まっているけど、夜空《よぞら》くんはそんな私《わたし》を見《み》ながら、目《め》を見開《みひら》いている。

「……本当《ほんとう》、なのか？　俺《おれ》が都合《つごう》のいい夢《ゆめ》を見《み》てるわけじゃねーよな？」

「違《ちが》う違《ちが》う。それを言《い》うなら、私《わたし》だって夢《ゆめ》みたいだよ。だって夜空《よぞら》くんが私《わたし》のこと……」

……好《す》きだなんて。

さっきの言葉《ことば》を思《おも》い出《だ》したとたん、頭《あたま》がボンッて爆発《ばくはつ》する。

そ、そうだ。私《わたし》も夜空《よぞら》くんから、告白《こくはく》されたんだった！

だけど真《ま》っ赤《か》になる私《わたし》と違《ちが》って、夜空《よぞら》くんは静《しず》かに言《い》ってくる。

「本当《ほんとう》に、俺《おれ》でいいのか？」

「も、もちろん。夜空《よぞら》くんがいいんだよ」

「なんだよそれ……スゲーうれしい」

わ、私《わたし》もだよ。私達《わたしたち》、同《おな》じ気持《きも》ちだったんだね。

いまだ鳴《な》りやまない胸《むね》のドキドキをおさえながら、夜空《よぞら》くんと目《め》を合《あ》わせると、彼《かれ》は困《こま》ったように言《い》ってくる。

「ヤベェ……戻《もど》らなきゃいけねーのに、幸奈《ゆきな》を独《ひと》り占《じ》めしときたい」

「私《わたし》も、今《いま》行《い》くのは無理《むり》かも」

孝蔵会長《こうぞうかいちょう》のことは心配《しんぱい》だけど、もう少《すこ》し気持《きも》ちを落《お》ち着《つ》かせる時間《じかん》がほしい。

そうしていると、会場《かいじょう》の中《なか》から楽器《がっき》の演奏《えんそう》が聞《き》こえてくる。

どうやら、パーティーが始《はじ》まったみたい。

すると、夜空《よぞら》くんが私《わたし》の手《て》をつかんでくる。

「夜空《よぞら》くん？」

「もう少《すこ》し、二人《ふたり》でいないか？」

「……うん」

早《はや》く行《い》かないと、孝蔵会長《こうぞうかいちょう》の機嫌《きげん》をそこねるかもしれない。だけど私《わたし》も今《いま》は、夜空《よぞら》くんと二人《ふたり》でいたい。

私《わたし》の手《て》を、夜空《よぞら》くんの手《て》が優《やさ》しく包《つつ》む。

誰《だれ》もいない場所《ばしょ》での、二人《ふたり》だけの特別《とくべつ》な時間《じかん》。
大好《だいす》きな人《ひと》と、気持《きも》ちが通《つう》じたことがうれしくて。
星空《ほしぞら》の下《した》で、温《あたた》かな夜空《よぞら》くんの手《て》を、そっと握《にぎ》り返《かえ》した。

エピローグ

夜空《よぞら》くんと両想《りょうおも》いになってから、一週間《いっしゅうかん》。

あれからいろんなことがあったなぁ。

あの日《ひ》、私《わたし》と夜空《よぞら》くんは会場《かいじょう》に戻《もど》るのが遅《おく》れて、その間《あいだ》に孝蔵会長《こうぞうかいちょう》は、怒《おこ》って帰《かえ》っちゃったんだけど。

次《つぎ》の日《ひ》、夜空《よぞら》くんは私《わたし》を連《つ》れて孝蔵会長《こうぞうかいちょう》のところに乗《の》り込《こ》んで、宣言《せんげん》したの。「幸奈《ゆきな》は俺《おれ》が必《かなら》ず幸《しあわ》せにします！」って。

これには孝蔵会長《こうぞうかいちょう》も目《め》を丸《まる》くしたけど、おかげで機嫌《きげん》は直《なお》ったみたい。

それからまたたく間《ま》に、私《わたし》と夜空《よぞら》くんは、正式《せいしき》に婚約《こんやく》した。

孝蔵会長《こうぞうかいちょう》はこれを、白神《しらかみ》グループとつながりを持《も》つための政略結婚《せいりゃくけっこん》って思《おも》ってるみたいだけど、それは違《ちが》うよ。

好《す》きだから、一緒《いっしょ》にいるの。

勘違《かんちが》いしている孝蔵会長《こうぞうかいちょう》に、本当《ほんとう》のことを言《い》ってやりたかったけど……。

「無理《むり》にわかってもらわなくてもいい。俺達《おれたち》が知《し》っていれば、それでじゅうぶんだろ」

あの時《とき》のことを振《ふ》り返《かえ》りながら、そう言《い》ってくる夜空《よぞら》くん。

そんな私達《わたしたち》は今《いま》、お父《とう》さんのお骨《こつ》が納《おさ》められたお寺《てら》に来《き》ていた。お母《かあ》さんの、お骨《こつ》を持《も》って。

「お母《かあ》さんのこと、よかったな」

「うん……ありがとう夜空《よぞら》くん。これでお父《とう》さんのところにお母《かあ》さんを届《とど》けられるよ」

お母《かあ》さんのお骨《こつ》は、今《いま》まで孝蔵会長《こうぞうかいちょう》のところで保管《ほかん》されていたんだけど。

夜空《よぞら》くんが交渉《こうしょう》してくれて、お父《とう》さんと同《おな》じお墓《はか》に入《はい》れることになったの。

だから今日《きょう》は、白神家《しらかみけ》のみんなと一緒《いっしょ》にお墓参《はかまい》り。

みんながお墓《はか》を掃除《そうじ》してくれていて、私《わたし》と夜空《よぞら》くんは線香《せんこう》を取《と》りに行《い》ってたんだけど。

戻《もど》ってみると、もう掃除《そうじ》は終《お》わっていた。

「遅《おそ》いよ二人《ふたり》とも。線香取《せんこうと》りに行《い》くのに、どれだけかかってるのさ」

「夕也《ゆうや》、そう言《い》ってやるなって。夜空《よぞら》が二人《ふたり》でいたくて、わざとゆっくりしてたんでしょ」

朝陽《あさひ》くんが夕也《ゆうや》くんをなだめる。

あんなことがあって、朝陽《あさひ》くんとは気《き》まずくなったらどうしようって心配《しんぱい》したけど、ありがたいことに今《いま》も変《か》わらない態度《たいど》で接《せっ》してくれている。

あ、でもちょっとだけ、素《す》の表情《ひょうじょう》を見《み》せてくれることが多《おお》くなって、うれしいや。

夜空《よぞら》くんは時々《ときどき》、「朝陽《あさひ》に幸奈《ゆきな》はわたさない」って、警戒心《けいかいしん》むき出《だ》しにしてるけど。

でもあの日《ひ》を境《さかい》に、二人《ふたり》はよく話《はな》すようになった気《き》がする。

「さあ、お線香《せんこう》をあげましょう。みんな並《なら》んで」

虹華《にじか》さんが線香《せんこう》に火《ひ》をつけて、私《わたし》は目《め》を閉《と》じて手《て》を合《あ》わせる。

——お父《とう》さん、お母《かあ》さん。向《む》こうで仲《なか》よくやってる？

——私《わたし》は夜空《よぞら》くん達《たち》と一緒《いっしょ》に住《す》むことになって、最初《さいしょ》はどうなるか心配《しんぱい》だったけど、みんな素敵《すてき》な人達《ひとたち》だったよ。

——晴翔《はると》くんは私《わたし》が迷《まよ》ってたら声《こえ》をかけてくれる優《やさ》しいお兄《にい》さんだし、それから夕也《ゆうや》くんは……。

伝《つた》えたいことがたくさんあって、目《め》を閉《と》じながら心《こころ》の中《なか》で一《ひと》つ一《ひと》つ報告《ほうこく》していると、周《まわ》りで人《ひと》が動《うご》く気配《けはい》がした。

目《め》を開《あ》けると、夜空《よぞら》くん達《たち》はもう合《あ》わせていた手《て》をほどいている。

ひょっとしてみんなもう、お参《まい》りすませちゃった？　私《わたし》まだ、一番大事《いちばんだいじ》なこと言《い》ってないのに！

するとそれを察《さっ》したみたいに、晴翔《はると》くんが。

「もしかして幸奈《ゆきな》ちゃん、まだ終《お》わってなかった？」

「は、はい。すみません」

「大丈夫《だいじょうぶ》。話《はな》したいこともたくさんあるでしょう」

「そうそう。ゆっくりやりなよ」

朝陽《あさひ》くん、それに夕也《ゆうや》くんが優《やさ》しく言《い》う。

夕也《ゆうや》くんといえば。あのダンスパーティーの日《ひ》から、真子《まこ》に夢中《むちゅう》なの。

真子《まこ》はまだ夕也《ゆうや》くんの気持《きも》ちに気《き》づいてないみたいだけど、がんばって。

「幸奈《ゆきな》には俺《おれ》が付《つ》きそう。朝陽達《あさひたち》は、先《さき》に片《かた》づけをしておいてくれ」

「夜空《よぞら》。そうやってまた、二人《ふたり》になろうとしてるでしょ」

「……悪《わる》いか？」

「まあ、いいけどね」

朝陽《あさひ》くん達《たち》は掃除《そうじ》に使《つか》った桶《おけ》やブラシを持《も》って戻《もど》っていって、お墓《はか》の前《まえ》には私《わたし》と夜空《よぞら》くんが残《のこ》る。

「もしかして俺《おれ》もいない方《ほう》が、お参《まい》りしやすいか？」

「ううん、そんなことないよ。むしろいてほしい！」

夜空《よぞら》くんの隣《となり》で、もう一度《いちど》手《て》を合《あ》わせる。

——お父《とう》さん、お母《かあ》さん……私《わたし》、好《す》きな人《ひと》ができて……こ、婚約《こんやく》したの！

恥《は》ずかしくて頭《あたま》から湯気《ゆげ》が出《で》そうだったけど、しっかり伝《つた》える。

あれから夜空《よぞら》くんとはたくさん話《はなし》をして、実《じつ》は小学生《しょうがくせい》のころ出会《であ》っていたことを、教《おし》えてもらった。

キャンプ場《じょう》で会《あ》った男《おとこ》の子《こ》のことは覚《おぼ》えていたけど、まさかあれが夜空《よぞら》くんだったなんて。

たくさんの伝《つた》えたいことを話《はな》し終《お》えて目《め》を開《あ》けると、夜空《よぞら》くんがこっちを見《み》ていて。

私達《わたしたち》は自然《しぜん》と見《み》つめ合《あ》う。

「なあ、ご両親《りょうしん》の前《まえ》でこんなこと言《い》っていいかわからないけど……キスしてもいい？」

「ええっ!?　こ、ここで？」

「ダメ？」

えーと、お父《とう》さんとお母《かあ》さんに見《み》られてる気《き》がして、恥《は》ずかしいんだけど。

けど怒《おこ》られた子犬《こいぬ》みたいにしょんぼりしてる夜空《よぞら》くんを見《み》ると、ダメだなんて言《い》えない。

「ちょっとだけなら」

「ありがとう……」

背中《せなか》に手《て》を回《まわ》され、抱《だ》きよせられて、また目《め》を閉《と》じる。

唇《くちびる》には、やわらかな感触《かんしょく》が。

私《わたし》を選《えら》んでくれて、好《す》きになってくれてありがとう。

私《わたし》も夜空《よぞら》くんのこと、大好《だいす》きだよ。

おわり♡

あとがき

はじめまして、またはお久《ひさ》しぶりです。無月蒼《むつきあお》です。

このたびは『白神家《しらかみけ》の４兄弟《きょうだい》は手《て》におえないっ！』を手《て》に取《と》ってくださって、ありがとうございます。楽《たの》しんでいただけたでしょうか？

いきなり四人《よにん》の男子《だんし》と同居《どうきょ》。しかもその中《なか》の誰《だれ》かと結婚《けっこん》しなきゃいけない。そんなとんでもない状況《じょうきょう》から始《はじ》まる本作《ほんさく》。

そもそもこのお話《はなし》は、逆《ぎゃく》ハーものを書《か》いてみたいと思《おも》ったのが始《はじ》まりでした。

だってタイプの違《ちが》うイケメンをたくさん書《か》けるなんて、おもしろそうじゃないですか。

そうして考《かんが》えた末《すえ》に誕生《たんじょう》したのが、ロイヤルファミリーこと白神家四兄弟《しらかみけよんきょうだい》です。みなさんは誰《だれ》か、気《き》に入《い》った男《おとこ》の子《こ》はいたでしょうか？

また、ヒロインの幸奈《ゆきな》も彼《かれ》らに埋《う》もれさせたくなくて。書《か》いていくうちに、正義感《せいぎかん》が強《つよ》くておせっかいな子《こ》に成長《せいちょう》していきました。

ただかわいく愛《あい》されるだけの女《おんな》の子《こ》よりも、ちゃんと自分《じぶん》の意志《いし》やゆずれないものを持《も》っている子《こ》の方《ほう》が、応援《おうえん》したくなりますよね。

このお話《はなし》を読《よ》んで、幸奈《ゆきな》のことを応援《おうえん》したいって思《おも》ってもらえたらうれしいです。

そして幸奈《ゆきな》や四兄弟《よんきょうだい》をかわいく、かっこよく描《か》いてくださった瀬川《せがわ》あや先生《せんせい》、本《ほん》っっっっっっ当《とう》にありがとうございます！

実《じつ》はもともと自分《じぶん》は瀬川《せがわ》あや先生《せんせい》のファンで、イラストを描《か》いてくださると決《き》まった時《とき》は夢《ゆめ》でも見《み》ているのかと思《おも》いました。

まさかこんなうれしいことが起《お》こるなんて、小説《しょうせつ》を書《か》いていてよかったです！

最後《さいご》に、この本《ほん》を作《つく》るにあたってお世話《せわ》になったすべての皆様《みなさま》、読《よ》んでくださった読者《どくしゃ》の皆様《みなさま》、本当《ほんとう》にありがとうございます。

またどこかで会《あ》えますように。

二〇二五年三月二十日　無月蒼《むつきあお》

野いちごジュニア文庫

著・無月蒼（むつき　あお）
熊本出身の福岡在住。趣味は犬や猫などの動画を見ることと読書。ヒヤッするオカルト話も、キュンとする恋の話も好き。著書に『ナイショのふたごスイッチ！』（野いちごジュニア文庫／スターツ出版刊）、『アオハル１００％』（角川つばさ文庫／ KADOKAWA刊）がある。

絵・瀬川あや（せがわ　あや）
北海道出身の少女漫画家。2014 年りぼんでデビュー。趣味は食べ歩きと夜ふかし、好きなたべものはみそラーメン。代表作は『僕のこと推してよ』（集英社刊）。

白神家の 4 兄弟は手におえないっ！

2025 年 3 月 20 日 初版第 1 刷発行

著　者　無月蒼
発行人　菊地修一
デザイン　カバー 北國ヤヨイ（ucai）
発行所　スターツ出版株式会社
〒104-0031 東京都中央区京橋 1-3-1 八重洲口大栄ビル 7F
TEL 03-6202-0386（出版マーケティンググループ）
TEL 050-5538-5679（書店様向けご注文専用ダイヤル）
https://starts-pub.jp/
印刷所　大日本印刷株式会社

Printed in Japan
ISBN 978-4-8137-8203-2 C8293

ファンレターのあて先
〒104-0031　東京都中央区京橋 1-3-1 八重洲口大栄ビル 7F
スターツ出版（株）書籍編集部 気付
無月蒼先生
いただいたお便りは編集部から先生におわたしいたします。

ドキドキ＆胸《むね》きゅんがいっぱい！

野《の》いちごジュニア文庫《ぶんこ》 人気作品《にんきさくひん》の紹介《しょうかい》

拷問《ごうもん》ASMR《エーエスエムアール》　恐怖《きょうふ》の音当《おとあ》てクイズ

西羽咲花月《にしわざきかつき》・著《ちょ》

クラスで目立《めだ》つグループの4人《にん》は、リーダーの由佳《ゆか》を筆頭《ひっとう》に地味女子《じみじょし》・岩上泉《いわがみいずみ》をしつこくイジメていた。ある日《ひ》、動画配信《どうがはいしん》サイトから賞金《しょうきん》100万円《まんえん》がもらえる「音当《おとあ》てクイズ」の案内《あんない》が届《とど》き、参加《さんか》することに。調子《ちょうし》に乗《の》った彼《かれ》らは、動画配信《どうがはいしん》がされていると思《おも》われる学校《がっこう》に忍《しの》び込《こ》むが、狐《きつね》のお面《めん》をかぶった謎《なぞ》の人物《じんぶつ》に拘束《こうそく》され…!?

ISBN978-4-8137-8200-1
定価《ていか》：869円《えん》（本体《ほんたい》790円《えん》＋税《ぜい》10%）

ホラー

ルームメイトが全員男《ぜんいんおとこ》の子《こ》でした。

月瀬《つきせ》まは・著《ちょ》

中《ちゅう》2の李珠《りず》は、ワケあってふたごの弟《おとうと》・莉斗《りと》のフリをして全寮制《ぜんりょうせい》の男子校《だんしこう》に通《かよ》うことに！変装《へんそう》してなんとか潜入《せんにゅう》する李珠《りず》だけど、ルームメイトの由仁《ゆに》や莉斗《りと》の親友《しんゆう》・飛鳥《あすか》に正体《しょうたい》が即《そく》バレ！　さらに同《おな》じクラスの昴《すばる》には、莉斗《りと》の姿《すがた》で惚《ほ》れられちゃった…!?　弟《おとうと》の姿《すがた》なのにイケメンだらけの学校《がっこう》でモテ無双《むそう》（!?）生活《せいかつ》、スタート♡

ISBN978-4-8137-8199-8
定価《ていか》：891円《えん》（本体《ほんたい》810円《えん》＋税《ぜい》10%）

恋愛

都道府県男子《とどうふけんだんし》！②
近畿《きんき》メンバー、文化祭《ぶんかさい》で大暴《おおあば》れ!?

あさばみゆき・著《ちょ》

私《わたし》、漫画《まんが》が好《す》きな中《ちゅう》2のほずみ。ある日《ひ》、都道府県《とどうふけん》を擬人化《ぎじんか》して落書《らくが》きしたら、本物《ほんもの》の男子《だんし》になって現《あらわ》れたの…！文化祭《ぶんかさい》が近《ちか》づき、私《わたし》は近畿男子《きんきだんし》たちと一緒《いっしょ》に準備《じゅんび》することに。首都《しゅと》を狙《ねら》う着物男子《きものだんし》の京都《きょうと》くんに、宝塚歌劇団《たからづかかげきだん》みたいな美形《びけい》の兵庫《ひょうご》くん…個性強《こせいづよ》めなメンバー揃《ぞろ》いでなにわの嵐《あらし》が吹《ふ》き荒《あ》れる!?　東《ひがし》VS西《にし》の溺愛《できあい》バトルに注目《ちゅうもく》の2巻《かん》!!

ISBN978-4-8137-8198-1
定価《ていか》：891円《えん》（本体《ほんたい》810円《えん》＋税《ぜい》10%）

恋愛